U0449216

在东坡那边：苏轼记

于坚 著

江苏凤凰文艺出版社

图书在版编目（CIP）数据

在东坡那边：苏轼记/于坚著. -- 南京：江苏凤凰
文艺出版社，2021.6
ISBN 978-7-5594-5205-4

Ⅰ.①在… Ⅱ.①于… Ⅲ.①散文集－中国－当代
Ⅳ.①I267

中国版本图书馆 CIP 数据核字 (2020) 第 178310 号

在东坡那边：苏轼记

于坚 著

出 版 人	张在健
图书策划	楚尘文化
项目统筹	孙 茜
责任编辑	李珊珊　李 黎　孙建兵
特约编辑	章 武
装帧设计	一千遍工作室
责任印制	刘 巍
出版发行	江苏凤凰文艺出版社
	南京市中央路 165 号，邮编：210009
网　　址	http://www.jswenyi.com
印　　刷	苏州市越洋印刷有限公司
开　　本	880 毫米 ×1230 毫米　1/32
印　　张	9.875
字　　数	129 千字
版　　次	2021 年 6 月第 1 版
印　　次	2021 年 6 月第 1 次印刷
书　　号	ISBN 978-7-5594-5205-4
定　　价	68.00 元

江苏凤凰文艺版图书凡印刷、装订错误，可向出版社调换，联系电话025-83280257

目 录

朝苏记　　001

在苏轼故乡眉山所见　　145

在巩义访宋陵　　199

朝苏记

1

在中国历史上,每个世纪都会出现大诗人。《诗经》时代,杰出的诗人多如牛毛,匿名的大诗人可以采诸野。"古有采诗之官,王者所以观风俗,知得失,自考正也。"(班固《汉书·艺文志》)"孟春之月,群居者将散,行人振木铎徇于路,以采诗,献之大师,比其音律,以闻于天子。"(班固《汉书·食货志》)心有灵犀的孔子一选,就得到一部《诗经》。《诗经》是匿名时代的集大成者。人类文明有各种各样的开端,从一部诗写成的经书开始,仅中国独有。"黄帝之史仓颉,见鸟兽蹄迒之迹,知分理之可相别异也,初造书契。"(许慎《说文解字序》)在我看来,文的出现,就是诗的具形,文是先验之诗的升华。如果从言简意赅这种诗的最基本的特性出发,那么每个汉字都是一首诗,或者说,汉字的诞生本身就是汉语先民对诗的觉悟。"昔者仓颉作书,而天雨粟,鬼夜哭"(《淮南子·本经训》),除了汉语,没有哪一种文明有过这样的记载。文的诞生,就像神的诞生一样,是一个神秘事件。黑暗时代封闭于各个地方的诗意通过文从此可以流布大地,文明开始了。

文明,以文照亮,通过语言觉悟。这种起源导致伟大的诗人在这个民族中层出不穷,世所罕见。汉是一个高潮,唐是一个高潮,宋是另一个高潮。宋以后的七百多年中,这种以文为文明最高标准的趋势逐步式微,到1840年以后,几近消失。压抑了近四千年的商族(黄河流域的古老的部落,首领叫契,契协助大禹治水有功,受封,封地为商)的文化日益发扬光大,最终席卷中国。但是,诗主导的文明已经不可逆转。历经五千年来最大的变局,文明完成了一个伟大的悖论,商人也不得不通过比商族更古老的文来申明他们的"契"。

今日,现代主义在中国建造一个全新的空间,传统中国的空间世界荡然无存。但是,文继续着,人们依然在用五千年前(在殷墟发掘的甲骨并不能视为最早的文)甚至更早就出现的文命名现代,依然遵循先知孔子启示的真理"不学诗,无以言"。

中国最后一位伟大的文人出现在宋。"阴阳割昏晓"(杜甫《望岳》),苏轼就像但丁,站在文明史的阴阳线上。不同的是,但丁站在黑暗的中世纪与文艺复兴之间,而苏轼却面对着诗的黄金时代的垂暮,黑暗即将降临。他意识到这一趋势,力挽狂澜,终其一生。

2

暮色苍茫,一只乌鸦越过灰色的云层,飞向就要沉下地平线的落日。

这是1079年宋朝的京城开封,那个时代此地还没有摩天大楼,在城市最繁华的地带,也可以看见落日和乌鸦。南宋作家孟元老在《东京梦华录》中记录过这个城市:

> 太平日久,人物繁阜。垂髫之童,但习鼓舞;班白之老,不识干戈。时节相次,各有观赏。灯宵月夕,雪际花时,乞巧登高,教池游苑,举目则青楼画阁,绣户珠帘。雕车竞驻于天街,宝马争驰于御路。金翠耀目,罗绮飘香。新声巧笑于柳陌花衢,按管调弦于茶坊酒肆。(《东京梦华录》序)

> 四野如市,往往就芳树之下,或园囿之间,罗列杯盘,相互劝酬。都城之歌儿舞女,遍满园亭,抵暮而归。(《东京梦华

录》卷七）

天长日久的太平，人们都聚集到城市里来。扎着低垂发辫的儿童应和着鼓点跳舞；白发苍苍的老人，从来没有见过武器。各种各样的节日，丰富多彩，各不相同。华灯照耀的夜晚，月亮将至的黄昏，下雪的日子，开花的时节，七夕的乞巧，重阳的登高，金明池的禁军操练，琼林苑的皇上游幸，放眼所见，到处是青楼画阁、绣着图案的丝绸窗帘、垂着镶珍珠的帘子。雕刻着花鸟走兽的马车停在天街，宝马奔驰在御路上，阳光下的屋顶和树木闪着光，满街行人身上用绫罗绸缎缝制的衣服散发着香味。阵阵笑声从花园里传来，茶馆酒楼则有一支支乐队在演奏。

郊区也很热闹，往往人们就在芳香的树下，或者园林中，摆开酒杯盘子，饮酒划拳。年轻人唱歌跳舞，直到黄昏才回家去。

天空、大地、人生，其乐融融。在世，生活，生活是这个世界的唯一目的，人们对生活的热爱和创造已达极致。此后的中国生活，都将以此为榜样了。

万街千巷，尽皆繁盛浩闹。每一坊巷口……多设小影戏棚子，以防本坊游人小儿相失，以引聚之……诸营班院（首都的卫队），于法不得夜游，各以竹竿出灯球于半空，远近高低，若飞星然。阡陌纵横，城闉不禁。别有深坊小巷，绣额珠帘。巧制新妆，竞夸华丽。春情荡扬，酒兴融怡。雅会幽欢，寸阴可惜。景色浩闹，不觉更阑。宝骑骎骎，香轮辘辘。五陵年少，满路行歌。万户千门，笙簧未彻。市人卖玉梅、夜蛾、蜂儿、雪柳、菩提叶、科头圆子、拍头焦䭔……卖鹌鹑骨饳儿、圆子䭔拍、白肠、水晶鲙、科头细粉、旋炒栗子银杏、盐豉汤、鸡段、金橘、橄榄、龙眼、荔枝……（《东京梦华录》卷六）

是月季春，万花烂漫，牡丹、芍药、棣棠、木香，种种上市。卖花者以马头竹篮铺排，歌叫之声，清奇可听。晴帘静院，晓幕高楼，宿酒未醒，好梦初觉，闻之莫不新愁易感，幽恨悬生，最一时之佳况。（《东京梦华录》卷七）

自宣德东去，东角楼乃皇城东南角也。十字街南去，姜行。高头街北去，从纱行至东华门街、晨晖门、宝箓宫，直至旧酸枣门，最是铺席要闹，宣和间展夹城牙道矣。东去乃潘楼街，街南曰鹰店，只下贩鹰鹘客，余皆真珠匹帛，香药铺席。南通一巷，谓之界身，并是金银彩帛交易之所。屋宇雄壮，门面广阔，望之森然。每一交易，动即千万，骇人闻见。以东街北曰潘楼酒店。其下每日自五更市合，买卖衣物书画，珍玩犀玉；至平明，羊头、肚肺、赤白腰子、奶房、肚胘、鹑兔、鸠鸽、野味、螃蟹、蛤蜊之类讫。方有诸手作人上市，买卖零碎作料。饭后，饮食上市，如酥蜜食、枣䭅、澄砂团子、香糖果子、蜜煎雕花之类。向晚，卖何娄头面、冠梳、领抹、珍玩、动使之类。东去则徐家瓠羹店。街南桑家瓦子，近北则中瓦，次里瓦。其中大小勾栏五十余座。内中瓦子莲花棚、牡丹棚，里瓦子夜叉棚、象棚最大，可容数千人。自丁先现、王团子、张七圣辈，后来可有人于此作场。瓦中多有货药、卖卦、喝故衣、探搏、饮食、剃剪、纸画、令曲之类。终日居此，不觉抵暮。(《东京梦华录》卷二)

这城市几乎没有闲人，生活的细节如此丰富，每个细节都是一条谋生之道。

生活就是艺术，生活就是文化。人们认为天堂就在当下、此时。生活不是对孤立观念的亦步亦趋，削足适履，而是天人合一，知行合一，形而上就在形而下中，生活世界就是教堂。"人充满劳绩，但还诗意地栖居在大地上。"(荷尔德林)这些西方世界晚近才发现觉悟的真理，在宋代已经成为日常生活的实践。宋代哲人中曾经阐释过在中国文化中形而上与形而下的关系：

> 推本而言，礼只是一个序，乐只是一个和。只此两字，含蓄多少义理。又问：礼莫是天地之序？乐莫是天地之和？曰：固是。天下无一物无礼乐。且置两只椅子，才不正便是无序。无序便乖，乖便不和。(程颢、程颐《二程集》)

> 其高极乎太极无极之妙，而其实不离乎日用之间；其幽探乎阴阳五行造化之赜，而其实不离乎仁义礼智刚柔善恶之际。(朱熹《隆兴府学濂溪先生祠记》)

钱穆说：

> 中国的艺术文学，在其本质上，就可以替代宗教功用。……宋以后的文学艺术，都已平民化了，每一个平民家庭的厅堂墙壁上，总会挂有几幅字画，上面写着几句诗，或画上几根竹子，几只小鸟之类，幽雅淡泊。当你去沉默欣赏的时候，你心中自然会感觉到轻松愉快。这时候，一切富贵功名，都像化为乌有，也就没有所谓人生苦痛和不得意。甚至家庭日常使用的一只茶杯或一把茶壶，一边总有几笔画，另一边总有几句诗。甚至你晚上卧床的枕头上，也往往会绣有诗画。令人日常接触到的，尽是艺术，尽是文学，而尽已平民化了。单纯、淡泊、和平、安静，让你沉默体味，教你怡然自得。再说到房屋建筑，只要经济上稍稍过得去的家庭，他们在院子里，往往留有一块空地，栽几根竹子，凿一个小池，池里栽几株荷花，或者养几条金鱼。这种设置，看来极平常，但使你身处其间，可以自遣自适。（《国史新论》）

其实，不仅仅是画画、写诗，天人合一，中国与世界的关系就是文化的，"以言行化物，故曰文明"（苏轼《东坡易传》）。这种艺术化将在场的实用和精神的寄托结合得天衣无缝。生活世界就是教堂，生活世界就是一部《诗经》。

3

那只乌鸦来自开封的御史台,这个地方是宋代的监察机构,由于御史台里种着许多柏树,乌鸦在树间筑巢,因此叫作乌台。元丰二年(1079)八月十八日,苏轼被关进这里的监狱,乌台这个本来就有些不祥的名字第一次与诗联系起来。苏轼的被捕,在中国历史上叫作"乌台诗案"。在一首诗里,苏轼描写了他被关押在乌台的情况:

> 去年御史府,举动触四壁。
> 幽幽百尺井,仰天无一席。
> 隔墙闻歌呼,自恨计之失。
> 留诗不忍写,苦泪渍纸笔。
> (《晓至巴河口迎子由》)

乌台之祸,苏轼的文章诗词被大量毁掉。诗人被捕,在中国历史上并不鲜见。秦朝焚书坑儒,许多书就是诗集,许多被捕埋掉的儒生也是诗人。"比事定,重复寻理,十亡其七八矣!"(苏轼《黄州上文潞公书》)即使从幸存的少数作品看,苏轼也是一位伟大的诗人。近千年后,人们还在阅读苏轼的文章和诗篇。2000 年,法国《世界报》举办了一次评选全世界"千年英雄"的活动,在东西方最近一千年产生的伟人中评出了 12 人,苏轼名列其中。2014 年出版的初中语文课本,苏轼的《记承天寺夜游》一文灿然在目:

> 元丰六年十月十二日夜,解衣欲睡,月色入户,欣然起行。念无与为乐者,遂至承天寺寻张怀民。怀民亦未寝,相与步于中庭。庭下如积水空明,水中藻荇交横,盖竹柏影也。何夜无月?何处无竹柏?但少闲人如吾两人者耳。

那些一放学就从口袋里掏出苹果或三星手机看微信的中学生,穿过被汽车拥堵的大街走回家去,乘电梯登楼,回到他们已经西化的房间里,在电视机、抽水马桶、煤气灶、沙发、铝合金窗子……之间,开始背诵这 85 个汉字。借此,他们才能找回与那个一千年前的中国世界的联系。

嘉祐元年(1056)八月,21 岁的苏轼在开封府的景德寺参加举人考试,揭榜,苏轼名列第二。当时的皇帝宋仁宗在读到苏轼兄弟的考卷后,说:我为后代得到了两个宰相。苏轼就此开始了颇为辉煌的仕途生涯。在一首诗里,苏轼写道:"问汝平生功业,黄州惠州儋州"。(《自题金山画像》)他没有提到开封。在他关于开封的极少几首诗里,他提到的是开封城的生活世界:

> 上林珍木暗池台,蜀产吴包万里来。
> 不独盘中见卢橘,时于粽里得杨梅。
> (《端午帖子词:皇太后阁六首》其五)

我在他逝世 900 年后来到开封。乌台已经重新沦为尘土,原址无法查证。在博物馆的橱窗里,元祐党籍碑[宋崇宁元年(1102),宰相蔡京主张将宋元祐年间反对王安石新法的大臣列为"元祐奸党",宋徽宗赵佶批准。"皇帝书而刊之石,置于文德殿门之东壁,永为万世臣子之戒。"后来,又下令将碑文刻石传布全国,"以示后世"]的遗照赫然在目,碑上刻有 309 人的名字,苏轼在列。开封城正在拆迁,一个全新的开封城在施工,新起的大部分是西式的楼房和小区。开封城在历史上曾经多次毁于战乱,但总是能根据经验和记忆被重建。依据古代诗词和绘画中的证据推断,至少在宋以降的 900 年间,开封地区的建筑物大同小异,格局、材料、样式、做工、标准一直被传承,一代比一代更精致耐用。在晚清,已经流行某种巴洛克式的风格,繁复,有装饰性,富于隐喻,但依然是苏轼诗歌写到的那种格局的世界。

> 对酒卷帘邀明月,风露透窗纱。恰似姮娥怜双燕,分明照、画梁斜。(《少年游·润州作》)

在出租车里,经常看见废墟、断墙残壁,如果不明就里,还以为这是战后。一栋栋新楼,与苏轼诗歌中的世界毫不相干,仿佛为外星人所建。大规模的拆迁拆掉的不仅是一片老房子,也拆掉了开封古老的生活氛围。虽然人们也依据古代文献,试图部分重建这个城市,但是材料、空间格局、所有制完全不同。苏轼时代的开封是土木结构的,为手工打造,是道法自然、日积月累的结果,建筑有自然形成的部分,也有规划的部分,私房、各家家底参差不齐,显摆露富、独占鳌头为人不齿,出头的椽子先烂。所以城市高低错落,宽窄、建制既要符合礼的秩序,也不能一律抹平尊卑贵贱,更随生活之便。水井、寺庙是社区的核心,既要恪守三纲五常,尊卑有序,也要惜老怜幼,为三百六十行、三教九流留出空间。以德为邻,互相照顾,温良恭俭让,亲和无间。

其士农工商,诸行百户,衣装各有本色,不敢越外。谓如香铺裹香人,即顶帽披背;质库掌事,即着皂衫角带、不顶帽之类。街市行人,便认得是何色目。加之人情高谊,若见外方人为都人凌欺,众必救护之。或见军铺收领到斗争公事,横身劝救,有陪酒食檐官方救之者,亦无惮也。或有从外新来邻左居住,则相借措动使,献遗汤茶,指引买卖之类。更有提茶瓶之人,每日邻里互相支茶,相问动静。凡百吉凶之家,人皆盈门。其正酒店户,见脚店三两次打酒,便敢借与三五百两银器。以至贫下人家,就店呼酒,亦用银器供送。有连夜饮者,次日取之。(《东京梦华录》卷五)

就是皇室,也融入这个生活世界中:

十六日，车驾不出。自进早膳讫，登门，乐作卷帘，御座临轩宣万姓。先到门下者，犹得瞻见天表。小帽红袍独卓子（桌子），左右近侍，帘外伞扇执事之人。须臾下帘则乐作，纵万姓游赏。两朵楼相对：左楼相对，郓王以次彩棚幕次，右楼相对，蔡太师以次执政戚里幕次。时复自楼上有金凤飞下诸幕次，宣赐不辍。（《东京梦华录》卷六）

新城整齐划一，切出来的豆腐块似的，以政治商业为中心，宽阔空荡，适合汽车、显要富人，过客、本地居民倒显得只是摆设了。我住的旅馆附近，就是新建的"清明上河园"，模仿着张择端的《清明上河图》，也画栋雕梁。只是失去了原图的随意、自然、彬彬有礼，终是过于坚硬、夸张、冷漠，缺乏人气。这个地方没有炊烟，没有"在灯下纳鞋的娘"，月亮也不会"转朱阁，低绮户，照无眠"。旅游点，上班时间，许多旅游团打着旗子在里面走来走去；一下班，职工就锁门走人。只是在老城区的某些地段，残余的部分，还可以感受到昔日的生活氛围。有家包子店里面挤满了人，人们都在吃套餐，这个套餐包括灌汤包子、鲤鱼焙面、藕片、花生糕和紫菜蛋花羹。我坐定，要了一份，某种记忆袭来，这种味道似乎存在于古老的时光，来自外祖母的锅。虽然是在开封，但仿佛回到童年时期的昆明。我记得有时候父母会带我去武城路的一家天津包子店吃狗不理，那家馆子永远被挤个水泄不通，食客甚至站在包子店外面的人行道上品尝。大家狼吞虎咽，被包子溢出的热汤烫得直咂舌。

开封是古都，在两千七百多年的历史中，它对中国生活的影响已经成为某种口味，民以食为天。在中国，食不仅仅是填饱肚子或者营养学的精确配伍，味道中一直保持着最原始的不确定性、神秘主义。人们即使不爱智，也能从对味道的品味中觉悟"道"。吃是活着，味道则是生活。开封幸存的也许只剩下味道了，味道比仿古建筑更令人接近古老的开封。建筑可以拆迁，风景可以改造，但是通过一只只灶秘传下来的口味是无法拆迁的。人们也许在最严峻的时代三缄其口，但禁制永远无法管辖到遗传、调味、火候、手艺，无法规范大米、麦面、盐巴、胡椒……的配方。许多古老的美味传布他乡，已经模糊，改头换面，面目全非，但只要来到开封，立即觉悟，这才是那美味源头。开封的口味不像今日许多名菜那样过度烹调，刁钻古怪地美化，只为着面子的光鲜亮丽，排场的奢豪讲究，也不是野怪乱黑，草草了事。开封的口味有一种中正素朴典雅而又平易近人的市井风格。古典时代的意识形态早已烟消云散，只有那些能够生生、止于至善者"随风潜入夜，润物细无声"（杜甫《春夜喜雨》），成为日常生活世界的庸常风俗。

市井一词，在我们时代暗含贬义，生活就是庸俗，甚至罪行。20世纪，故乡批判盛行，"生活在别处"是20世纪以来中国思想的主流。在中国，否定天必然否定人，观念的革命必然导致生活的颠覆，否定文化必然摧毁生活世界。天人合一就是一，不是天是天，人是人。不像它种文明，形而上的观念与形而下的生活世界是分开的。20世纪流行的故乡批判的后果我们已经看到，中国有形的故乡已经成为抽象的乡愁。在苏轼时代,市井却是生活的天堂,后世总结的"上有天堂,下有苏杭"的苏杭,就是中国最伟大的市井。孟元老如此描写开封的市井:

集四海之珍奇,皆归市易;会寰区之异味,悉在庖厨。(《东京梦华录》序)

夜市直至三更尽,才五更又复开张。如要闹去处,通晓不绝。(《东京梦华录》卷三)

正月一日年节,开封府放关扑三日。士庶自早,互相庆贺,坊巷以食物、动使、果实、柴炭之类,歌叫关扑。如马行,潘楼街,州东宋门外,州西梁门外踊路,州北封丘门外及州南一带,皆结彩棚,铺陈冠梳、珠翠、头面、衣着、花朵、领抹、靴鞋、玩好之类。间列舞场歌馆,车马交驰。向晚,贵家妇女纵赏关赌,入场观看,入市店饮宴,惯习成风,不相笑讶。至寒食冬至三日亦如此。小民虽贫者,亦须新洁衣服,把酒相酬尔。(《东京梦华录》卷六)

4

相国寺还在,一位三轮车夫拉着我去,这里依然是一个精神世界的实用去处。香客们不是来旅游,参观文物古迹,只是来上香,有一种古老的气氛。一位和尚在为新殿集资,办法是香客交给寺院一百元钱,就将他的名字刻在一片瓦上,日后这片瓦就可以安装在大殿的屋顶。有位香客捐了一百元,他一定要刻字的和尚当着他的面马上将名字刻上去,他担心和尚只是收钱,不留名。他相信菩萨,但不相信和尚。在阴沉的天空下,寺院显得肥大空寂,庄严而犹豫,有几个方头大脸的和尚走过。从前,孟元老说:

相国寺每月五次开放,万姓交易。大三门上皆是飞禽猫犬之类,珍禽奇兽,无所不有。第二、三门皆动用什物。庭中设彩幕露屋义铺,卖铺合、簟席、屏帏、洗漱、鞍辔、弓剑、时果、腊脯之类。近佛殿,孟家道冠、王道人蜜煎、赵文秀笔,及潘谷墨，占定两廊，皆诸寺师姑卖绣作、领抹、花朵、珠翠、头面、生色销金花样幞头、帽子、特髻、冠子、绦线之类。殿后资圣门前，皆书籍、玩好、图画，及诸路散任官员土物香药之类。后廊皆日者货术传神之类。寺三门阁上并资圣门，各有金铜铸罗汉五百尊、佛牙等，凡有斋供，皆取旨方开。三门左右有两瓶琉璃塔，寺内有智海、惠林、宝梵、河沙东西塔院，乃出角院舍，各有住持僧官。每遇斋会，凡饮食茶果，动使器皿，虽三五百分，莫不咄嗟而办。大殿两廊，皆国朝名公笔迹，左壁画炽盛光佛降九曜鬼百戏，右壁佛降鬼子母揭盂。殿庭供献乐部马队之类。大殿朵廊，皆壁隐楼殿人物，莫非精妙。

(《东京梦华录》卷三）

开封铁塔是幸存不多的宋代遗物，始建于1049年。建塔七年后，苏轼从四川眉山来到开封。据日本僧人成寻在《参天台五台山记》中记载，塔落成于宋神宗熙宁年间的后期（1073—1077）。我听说这是一座铁塔，走到跟前，才发现它并非铸铁之塔，乃是砖砌的，外面覆盖着铁色的琉璃雕砖，铸铁般沉稳厚重。这里还看得见落日，正对着铁塔滑落下去。就是在黑暗中，这个塔也很醒目，它比黑暗更深。黑塔上空，星光灿烂。我想象着这个景象，但没看见几颗星子，空气太浓。

洛阳也在拆迁。老街的后面，推土机示威般地举着黄色的钢臂。只有文字，依然是苏轼使用过的那种文字，超现实般地出现在最新潮的电子广告上。洛阳博物馆正在举办商周青铜器的专题展。难得一见的青铜祭器"何尊"出现在一个玻璃柜里,这是在周成王(前1042—前1021在位)时期制作的。考古专家说,这是"中国"这两个字第一次组合出现在古代的铭文中,铭文有"余其宅兹中国",意思大约是,我入住到天下的中心。铭文中也有"文"这个字,出现了两次,都是与"王"一起使用,"克逑文王"(追随文王)、"文王受兹命"(文王受天命)。文王是一种什么王?古往今来,世界之王浩荡滚滚,文王仅中国独有。文王,文在前,王在后,这是一个深刻的顺序。王如果意味着权力的话,也是在文的指引、领导下。"《易》曰:'观乎人文,以化成天下。'《记》曰:'文王以文理。'则文之用大矣哉!"(白居易《策林》)苏轼说:"文起八代之衰,而道济天下之溺。"(《潮州韩文公庙碑》)"文"这个字诞生以来一直在汉语中被频繁地使用。文明,以文照亮。作为名词,文是文教、文章、文明、文化、文人、文庙、文物、文笔、文雅……作为动词,文可以文身、文体、文艺、文治、文德、文誉、文练、文王……也可以文过饰非。文质彬彬是文的最高境界,"文"这个字甚至被用于神名,文昌星、文魁星。

在苏轼的故乡眉山的连鳌山中,有一块棕红色砂岩的巨大石块躺在山岗上,就像英格兰荒野巨石阵中的一块。石面上写着"连鳌山"三个字:"连"字长3.15米,宽3.2米;"鳌"字长3.5米,宽3.2米;"山"字长3.2米,宽3米;每个字的深度约0.1米。孤零零的三个巨字,没有落名,仿佛陨石自天而降。三个大字为石头文身,令这石头遗世独立,超越于这个地区。不知是谁凿的，字体有苏轼的风格，乡人坚持认为就是苏东坡写的。巨石为大地的松树、枣树、山芋、柑橘等花木所环绕，就像是陵墓。意味深长，只有文字陪伴着大地，其他无影无踪。

  惟文字庶几不与草木同腐，故决意为之。（苏轼《答孙志康书》）

5

21岁时,我第一次读苏轼的文章《前赤壁赋》,这是中国经典《古文观止》中的一篇。从前,这本书每个知识分子不仅要读,而且要背得滚瓜烂熟。我至今依然记得《前赤壁赋》给我的那种洗礼般的感受。那是1975年,"文革"的末期,我目睹图书馆在燃烧,我的语文教师被红卫兵带走。我记得小学五年级第一天上课,我的教科书只剩下一本:红色封面的《毛主席语录》。那是个喧嚣的时代,大街上到处是高音喇叭。时代号召破旧立新,改天换地。某一天,一篇古文,越过千年,深入我的内心,永远地改变了我的世界观。这篇文章如此安静,就像远古的河流,明澈、朴素而深邃、坚定、自信,彰显着那些古老的真理。真是一个荒诞的时刻,我竟然通过秘密的地下渠道,得到苏轼的《前赤壁赋》。当我翻开这中国《圣经》之一的时候,我窗外的围墙上,贴着"与天斗,其乐无穷;与地斗,其乐无穷;与人斗,其乐无穷!"的标语。

且夫天地之间，物各有主，苟非吾之所有，虽一毫而莫取。惟江上之清风，与山间之明月，耳得之而为声，目遇之而成色，取之无禁，用之不竭，是造物者之无尽藏也，而吾与子之所共适。

我青年时代的理直气壮、目空一切，即刻在这位一千年前的作者的汉语面前轰然倒塌。不用知道作者是谁，你立即被这《圣经》式的不容置疑的朴素语词、行云流水般的语感、大地般的充实自在，被这穿越时空的真理所感动、慑服。这就是《圣经》。如果人们迷失于自己时代的各种异端邪说的话，那么一旦读到这篇文章，他们就会幡然觉悟。当我读完这篇文章后，我青年时代摇摆不定的世界观清晰了，确定了，永远不可动摇了。

　　19世纪和20世纪初，有过伟大的文学改良者，他们不可忽视的一个成就是他们完全吸收了他们正在挣脱的传统。现在大多对传统的反叛行为都来自那些不知传统为何物的人。越来越多的所谓先锋派不过是时尚文化、商业文化和广告文化的一个分支。这种蔑视传统和向传统挑战的刺激行为成了一种陈词滥调，败坏得很。我并不是说，我们必须回到传统之中去。有很多可做的事，但不应以对抗传统或对传统持敌意的形式进行。那样就是无知、野蛮。我们不需要文学来显示无知、野蛮，我们已经有电视在这样做了。（苏珊·桑

塔格）

我大略浏览了近千年来关于苏轼的文章、传记、逸事等等，历史试图塑造一部苏轼传奇，流放者、直谏之臣、坚贞不二的丈夫、慈祥的兄长等等，我则对苏轼如何作为中国中世纪的最后一位文人更感兴趣。自从苏轼以后，文人的声誉一落千丈。与苏轼同时代的刘挚曾说："士当以器识为先，一命为文人，无足观矣。"（顾炎武《与人书十八》）到今天，文人已成贬义词。"文：错画也。象交文。"（许慎《说文解字》）文字，中国独有，它也许来自萨满时代的文身、占卜、记事符号，"文者，物象之本"（许慎《说文解字序》）。文字是音、象、意义三者合一的符号，与拼音完全不同。文不仅是个名词，也是一个动词。"周监于二代，郁郁乎文哉"。（《论语》）与其他民族的"神明"不同，中国是文明。文明，就是用文来启蒙、照亮黑暗。身是黑暗的，通过文身，人才进入"仁者人也"（《论语》）。人之初先验的仁心，只有在文诞生后才能确立、彰显。文章为天地立心，文是一种立。就像宗教那样，文赋予世界说法、意义、解释、秩序、标记……文为身定位，创造世界，在身和世界之间建构着有无相生、知白守黑、阴阳变化、迕物无伤、审美的、超越性的在世、在场的关系。这种关系导致对世界的不同解释、不同价值观、不同图腾、不同立场之间的彼此尊重，和而不同的自由主义秩序。文不是关于世界的观念，文一直保持着文身这个原始姿势，文是明，照明，文明。

在中国，人皆可以为尧舜。"文"为一切众生敞开了超凡入圣的大道。

子贡问曰："孔文子何以谓之'文'也？"子曰："敏而好学，不耻下问，是以谓之文也。"(《论语》)

文质彬彬，然后君子。(《论语》)

文在中国，是一种宗教式的生活方式、生活尺度。那些不朽的文章就是文教的《圣经》。通过文，超凡成圣就不是教堂里的有限位子，而是敞开在每个肉体凡胎面前的康庄大道。文人是文身这个动作的实施者，文人在远古时代就是萨满、巫师。

博闻强志，明于治乱，娴于辞令。入则与王图议国事，以出号令。出则接遇宾客，应对诸侯。(司马迁《史记·屈原列传》)

笔落惊风雨，诗成泣鬼神。(杜甫《寄李十二白二十韵》)

后代人研究苏轼，常常会发现，他正是一个经典的文人。作家林语堂评论他说：

一个无可救药的乐天派，一个伟大的人道主义者，一个百姓的朋友，一个大文豪，大书法家，创新的画家，一个造酒试验家，一个工程师，一个憎恨清教徒主义的人，一位瑜伽修行者佛教徒，巨儒政治家，一个皇帝的秘书，酒仙，厚道的法官，一位在政治上专唱反调的人，一个月夜徘徊者，一个诗人，一个小丑。(《苏东坡传》)

生命就是一篇文章。文在苏轼这里，是贯穿其整个生命的动词，以生命为世界文身，无所不文。苏轼的传记不会是《水浒传》那样的传奇，却具有普鲁斯特《追忆似水年华》式的庸常性，虽然他的一生有过大起大落的遭遇，但这个生命的真正意义却来自那些关于日常生活的尺牍、以文为诗的诗篇，来自这样的世界观："万物皆有常形，惟水不然……惟无常形，是以迕物而无伤。"（万物都有固定的形状，只有水没有……因为没固定的形状，所以侵入事物却不会伤害它。）（苏轼《东坡易传》）苏轼是中国文明的黄金时代产生的最伟大、最经典的文人之一，也是最后的文人。对于他，文不是观念，而是一个动词，一生的行动、事件、文章。宋以降，文人这种源自巫君合一时代的、诗性的"通"的传统开始走向没落。文人不再是为世界文身的通才，文分裂成各种独立的专业，诗人、小说家、书法家、散文家等等，再未出现过可以与苏轼比肩的文人。

千年后，乌台诗案的受难者已经成为一位中国圣人。其实在世的时候，他就已经被视为圣人了。他的朋友黄庭坚在他的一幅作品后面写道：

东坡此诗似李太白,犹恐太白有未到处。此书兼颜鲁公、杨少师、李西台笔意,试使东坡复为之,未必及此。它日东坡或见此书,应笑我于无佛处称尊也。(《跋东坡书寒食诗》)

有一个伟大的故事:苏轼为新党打压,被流放到惠州,与在中原的家人音信隔绝。儿子苏迈忧愁焦虑,苏轼的朋友、苏州定慧院学佛者契顺对苏迈说:"子何忧之甚,惠州不在天上,行即到耳,当为子将书问之。"绍圣三年(1096)三月二日,契顺步行半年,"涉江度岭,徒行露宿,僵仆瘴雾,黧面茧足以至惠州"。得到苏轼的家信后,就要返回。苏轼要答谢他,契顺说:"契顺惟无所求,而后来惠州。若有所求,当走都下(京都)矣。"苏轼再三说要谢他。契顺说:从前蔡明远只是鄱阳的一个校官,颜真卿被困在江淮,没有粮食吃,蔡明远载着米去周济颜真卿。颜真卿很感激,就写了一幅字给他,"天下至今知有明远也"。"今契顺虽无米与公,然区区万里之勤,倘可以援明远例,得数字乎?"苏轼"欣然许之,独愧名节之重,字画之好,不逮鲁公。故为书渊明《归去来辞》以遗之,庶几契顺托此文以不朽也"。契顺,像一位一步一叩前往拉萨朝圣的苦行僧那样,"涉江度岭,徒行露宿,僵仆瘴雾,黧面茧足"(苏轼《书〈归去来辞〉赠契顺》),只是为了见到苏轼一面,得到他的几个字。

6

四十多年来,朝拜苏轼的故乡一直是我的夙愿。我父亲也一再敦促我,回四川老家的时候,要去江油,要去眉山,要去杜甫草堂。他出生在四川省的资阳,是中国浩瀚如繁星的古典诗词爱好者和作者中的一员。是的,有一天得去看看。2014年的秋天,当我前往苏轼家乡眉山的时候,我的心情与一个即将前往拉萨的香客无异。

说到朝圣,人们不由自主地会仰望茫茫太空,似乎圣贤们是来自那里,某个不可见、无法企及的高处。人们备感惊讶,朝圣之路,一方面已经高度抽象,成为文明的精神遗产、不朽的经典,在图书馆束之高阁,甚至匿名,成为颠扑不破放之四海而皆准的真理、箴言、教条,在大教堂的穹顶下被信徒们不明其义地念诵,在寺院、祠堂成为有名无实的牌位,供人们顶礼膜拜的塑像。而另一方面,朝圣的道路总是结结实实地蜿蜒在大地上,无论那是耶路撒冷、麦加、梵蒂冈、瓦拉纳西,还是曲阜、秭归、江油……人们必须越过河流、山岗、树木、村庄、果园、集镇、城市，最后抵达某个地址。圣人不是从天而降的超凡绝世的不可见者，只可想象虚构的无形者，大地上总是可以找到一条路，直抵圣人出处。后代人总是要前往那些圣贤的故乡，眺望天空，望着某棵古树发呆，饮用某口老井中的清水，抚摸某些石头、梁子、什物，甚至品尝某些食物，一探究竟。这些超凡入圣者是怎么达到的，是什么东西孕育了他们。他们固然迷信天启，但也相信出处。天机不可泄露，但出处是可以抵达的。后代总是能根据大地重返某位先贤的源头、故乡、地点。也许那个圣地在千秋万代之后，面目全非，原址随风而去。但那块地还在，天空还在，盐巴还在；某种诞生过圣者的气象、氛围、土色、味道、日光、星光还在；马厩还在，苹果树还在，葡萄园还在；菩提树、大象、沙子、河流还在；"明月夜，短松冈"（苏轼《江城子》）还在；"春江水暖鸭先知"（苏轼《惠崇春江晚景》）还在；"缺月挂疏桐"（苏轼《卜算子》）还在；"少焉，月出于东山之上"（苏轼《前赤壁赋》）、"木叶尽脱，人影在地"（苏轼《后赤壁赋》）还在……是的，哪怕只是一片废墟，还是可以看见某粒种子即将发芽，一切都结束了，而诞生这件事远未完成。生生之谓易，无论何等的伟大神圣，都来自一粒大地上的种子。地方，令后代永远心存侥幸：既生瑜，必生亮。

在苏轼的家乡，四川眉山，有人指着一条河流边上的浅滩告诉我，这就是岷江。看哪，这就是那位作者从前渡河的岸！我立即卷起裤脚，准备涉水而过。她惊叫道，水深！2014年8月的一天，这条河依然像苏轼时代那样流着，并没有什么异常，还是河流经过坝区丘陵时那种平缓迟钝却深蕴玄机的样子。带我来到岷江边的是眉山旅游局的小徐，她以与苏轼同乡而自豪。她告诉我，她舅舅也热爱苏轼，擅长作曲，已经花了几年的时间将苏轼的全部词都谱成了曲，自己刻制成CD。此时，岷江的浅滩边正停着一艘灰色渡轮，几位坐在船舱里的渡客看见我们过来，以为也要过江，就挪了挪身子，让出一个空位。

秋天，刚刚下过一场雨，万物湿漉漉的，玉米地、南瓜、柑橘、牵牛花、稻田、河滩上的鹅卵石，以及这艘铁皮打造的用柴油发动机驱动的渡轮都湿漉漉的。岷江也是湿漉漉的，它自然是水，秋天雨水再次淋湿了它。我没有过江，不用过去，"天寒尚有沙痕在"（苏轼《游金山寺》），世界还是苏轼写过的那种经验："沙湖道中遇雨。雨具先去，同行皆狼狈，余独不觉，已而遂晴。""微冷，山头斜照却相迎。回首向来萧瑟处，归去，也无风雨也无晴。"（苏轼《定风波》）

7

景祐三年十二月十九日（1037年1月8日），苏轼诞生在眉山的一块地上，"我家江水初发源，宦游直送江入海。闻道潮头一丈高，天寒尚有沙痕在"（苏轼《游金山寺》）。眉山位于四川盆地成都平原西南部，岷江的中游。古称眉州，两宋期间，共有886人考取进士，史称"八百进士"，是中国历史上著名的"进士之乡"。这是一块好地啊！秋天再次登场，地面凉下来，"山川随望阔，气候带霜清"（苏洵《游嘉州龙岩》）。如果忽略大地上那些局部变化的话，眉山的初秋，还是可以感受到苏轼的父亲苏洵诗句中的那种远古的氛围。依然是河流在大地中间，两岸展开着平野、丘陵、树林、乡村，鹭鸶扬腿飞过芦苇。稻草又在田野上堆起来了，农民在乡场上掼谷子，唱歌般高举着稻穗。却也令人惆怅，这秋天已失去从前那个轰轰烈烈、排山倒海、一望无际的黄金大地。大地正在被各式各样的建筑物、圈地运动蚕食着。大地的经济化席卷中国，眉山地面也大面积地种植了能够迅速致富的反季节作物。稻田萎缩,看不见一头牛,传统的秋天已经支离破碎,苏轼诗歌中的大地只能在想象中去连缀、修补。

在苏轼的时代,中国是个巨大的乡村,像那个时代的大多数婴儿一样,苏轼生于乡间。他和亲爱的弟弟经常在大地上漫游,苏辙曾回忆道:"昔余少年,从子瞻游,有山可登,有水可浮,子瞻未始不褰裳先之。"(《武昌九曲亭记》)"大块假我以文章。"(李白《春夜宴桃李园序》)苏轼第一次读到庄子的书,"喟然叹息曰:'吾昔有见于中,口未能言。今见《庄子》,得吾心矣!'"(苏辙《东坡先生墓志铭》)他先在大地文章中感悟到庄子的真谛,然后才读到庄子的文章。有一本诗集《庆历圣德诗》流传到他的家乡,苏轼读后,就问老师书里的作者韩愈、杜甫等人的情况。老师很奇怪,苏轼说:我很想认识他们啊!《宋史》说:苏轼"已有颉颃当世贤哲之意"。

2014年的眉山城,苏东坡的名字无所不在,各种各样的东坡酒店、东坡饭店、东坡客栈……招牌上、广告中、墙上、出租汽车上到处可见苏东坡三字。我住的宾馆里,从前为政要手迹所占据的大堂正壁上,迎面扑来的是苏东坡的《水调歌头·明月几时有》。

苏轼一家后来搬到城里,"公年十一,僦(租赁)居纱縠(hú)行宅。读书于南轩"(清·王文诰《苏文忠公诗编注集成》)。纱縠行南街的苏轼故居现在是三苏祠。眉山的三苏祠是中国文明的圣地之一,这个祠堂供奉着苏洵、苏轼、苏辙父子三人像龛,他们都是出生在眉山的伟大作者。在清朝选家吴楚材、吴调侯的著名选本《古文观止》中，苏轼父子三人的文章都被选入，苏洵四篇，苏轼十七篇，苏辙三篇，这个选本至今是中国的经典之一。从前，苏轼家也是寻常百姓，由于这家父子三人文章千古，因此超凡入圣，纱縠行南街的老宅成了圣地，一直被人们顶礼膜拜。史料说，苏宅在元代改为祠堂，此后各代一直在保持、维修、重修。明洪武二十九年（1396），重修三苏祠。明嘉靖九年（1530），扩建三苏祠。清康熙五十四年（1715），眉州知州黄元煐重修三苏祠。嘉庆十一年(1806)，三苏祠复置三苏父子像龛三座。嘉庆十八年(1813)，知州赵来震对三苏祠大修。咸丰三年(1853)，增修快雨亭。书法家何绍基任四川学政时，来眉山监考举子，到三苏祠拜谒，遇雨，遂命亭为快雨亭，手书匾额。同治九年(1870)，增修三苏祠大门、耳房。光绪元年(1875)，四川督学使张之洞倡建云屿楼、抱月亭、绿洲亭。光绪二十四年(1898)，眉山人将披风榭重建于三苏祠。民国八年(1919)，眉山驻军旅长陈国栋筹资对三苏祠大修。民国十七年（1928），眉山地方官绅集议拓建三苏祠，增修南大门、百坡亭、式苏轩、半潭秋水一房山、船坞、彩画舫等，并修甬道、小桥。国民政府主席林森为"三苏公园"题匾。民国二十五年（1936）六月，四川省善后督办刘为立"保护三苏祠布告碑"；七月，四川省政府主席刘湘立"保护三苏祠布告碑"；八月，国民政府军事委员会委员长蒋中正签署"保护三苏祠布告碑"立于三苏祠。2006年，国务院公布三苏祠为第六批全国重点文物保护单位。2014年，眉山市政府拨款八千万，再次重修三苏祠。

三苏父子的灵位前，日日供着高香、红烛、果蔬。维修三苏祠的工人正在回廊下拍打麻筋，混入棉花、麻线、石粉、糯米等等，经过长时间的捶打，成为一种黏合剂，用来黏合砖瓦缝。"为什么不用水泥呢？""啊呀，这是苏东坡的祠堂哪，以前都是这么做的，比水泥还牢呢。"工人用苏轼的乡音说。历朝历代修复或重建苏祠，人们总是依据原样，以同样的土木结构、砖瓦、麻筋，同样的雕梁画栋，各时代或许风格稍有不同，但基本的东西从未改变。故国神游，人们很难想象苏东坡的家不是土木结构的，不是雕梁画栋的，不是鸟语花香的，很难想象他家没有中堂、厢房，没有太师椅，没有文房四宝，没有假山奇石，没有茂林修竹、曲水流觞、丝竹管弦……走进苏祠，瞬间就会感到，此地与外面的水泥建筑群完全不同，世界变了，一种古老的美重新归来。

世界上大多数圣殿都追求某种神圣、庄严、宏伟的风格，三苏祠不是一座教堂之类的建筑。乡人献给文忠公（宋高宗即位后，追赠苏轼为太师，谥为"文忠"）的是一座生机勃勃、美丽灵动的花园。春色与秋光同在，青石共紫檀一室。茂林修竹，花繁叶茂，祠堂掩映在绿荫之中，用何绍基写的"快雨亭"三字刻的匾露出一角。池塘里的荷花还在开着，白鹭在洗脚，看见人来，拔腿就跑。人们将眉山地面上最美好的东西都献给苏祠，献上银杏树，献上黄桷树，献上罗汉松，献上海棠，献上桂花，献上荷花，献上紫薇，献上蝴蝶，献上梅花，献上竹林，献上喜鹊，献上昆虫，献上池塘，献上金鱼，献上石头，献上楼台亭阁，献上第一流的书法，献上第一流的对联，献上四季，献上"月白风清，如此良夜何"（苏轼《后赤壁赋》）……人们建造花园而不是神坛来感激这位尊者，这个花园也就是三苏作品词汇的集合。

> 世事万端，皆不足介意。所谓自娱者，亦非世俗之乐，但胸中廓然无一物，即天壤之内，山川草木虫鱼之类，皆是供吾家乐事也。（苏轼《与子明兄》）

苏轼是一位大地诗人，读他的诗，就像跟着一位神灵在大地上漫游，良夜、清风、白日、山岗……古老的真理被苏轼再次新鲜生动丰富微妙地说出，他在他自己的时代用一种新的语言复活了真理，人们可以通过自己当下在世的生活经验来印证。如果他的文章是一座随处都可以生长的花园，那么他们也可以为自己的人生造一座。苏轼的文章令世人像皈依宗教那样大觉大悟，牢记世界之出处、生命之意义，总是感激、热爱着生活。

这个花园的核心是一口井，一代代邻居都说这是苏洵开掘的，是他们一家从前天天要喝的水。这口井可以信任，最近一千年来，纱縠行南街从未遭遇战乱，人们没有颠沛流离之苦。而这口井的源头在大地深处，各时代斗转星移，乡土还是乡土，井水还是井水。井口被一个覆满苍苔的石龛围着，井口边围着几棵老树。我不禁想起菩提伽耶，佛陀觉悟之地，人们将一棵菩提树视为圣迹。

邻居们并没有因为苏家老宅超凡入圣而退避三舍，与三苏祠一墙之隔，立即可以看见苏家的邻居们躺在藤椅上纳凉，打麻将，喝茶，喝豆花……附近一家饭馆的招牌菜是东坡肉，走进去，撸撸袖子坐下，要一份来品尝。一个猪肘子，被文火炖得稀烂，大量的蒜子、花椒、酱油，油红肉香，一块下肚，立即与世界和解，还恨谁去哪！在知识分子中，苏轼是一位非凡的诗人，但在民间，许多人也许一生都未读过一首宋词，但他们知道东坡肉。这碗肉的味道好生熟悉，就想起来，这不就是我父亲的那道拿手好菜"蒜烧肘子"嘛。"慢着火，少着水，火候足时他自美。"（苏轼《食猪肉》）我父亲就是这样烧的。

我老家在沱江畔的资阳。岷江、沱江都是长江支流，是一个水系。所谓东坡肉，不过是四川地面的家常菜罢了，苏东坡的母亲应该会做。天不变，道亦不变，味道也不会变。道不是抽象的观念，它可以具体到一道菜的烧制。屈原、苏轼这些招魂之徒、语言大师，一方面创造了汉文明最玄奥的形而上世界，另一方面，这种形而上又总是牢牢地植根于日常生活，植根于粽子、菖蒲、赛龙舟、东坡肉……高人百姓，可以从文章诗篇得"道"，也可以从坛坛罐罐、美味佳肴中味"道"。服务生见我们喜欢他们的菜，就赠送一盘，抬来，白生生的一盘莲花白，酸得恰好。他说，这是东坡泡菜，又告诉我，眉山还有泡菜博物馆。恐怕在世界上是独一无二的吧。

8

玻璃江（眉山境内的岷江）还在，蟆颐山也在，山上的树木垂垂老迈，但依然活着，沉郁肃穆。建于唐开元年间（713—741）的蟆颐观也还矗立在江边的山崖上。民间传说，当年苏洵到蟆颐观烧香求子，回到家里做了一个梦，有仙人挥袖一弹，将两个弹子弹给他。不久，便得了苏轼、苏辙兄弟二人。建筑自然不是苏洵来过的那个建筑了，但是守住了原址、格局、样式。新筑用了水泥钢筋，但依然是飞檐斗拱、曲径通幽。甚至，也还住着道士。一个年轻人，三十多岁的样子。束发，白衣，布鞋，飘然而至，请我们上座，喝茶。说，茶就是求真。他的茶得自老挝。老挝人不太喝茶，茶很少有人采，都是远古的真叶。又将一块普洱放进杯中，先前硬得刀子都撬不动的黑砖即刻散了，逐渐变回本色，将绿未绿。道士说，看嘛，是不是，颜色马上变回去了。百年的茶砖，都会这样，这就是活生生的返璞归真嘛！说得是。老挝茶相当涩，道士问，有没有出汗，确实微微出了点汗。

"出汗才好，说明血脉是通的。"见我们一言不发，只是品茶，道士又说，知者不言，言者不知，诸位长者是知啊。临了，送出门，走了几步，拱手，就不见了。路边有个木牌，上面写着"苏洵求子处"。看得出，许多人来这里跪过。在《后赤壁赋》中，苏东坡写道：

梦一道士，羽衣蹁跹，过临皋之下，揖予而言曰："赤壁之游乐乎？"问其姓名，俯而不答。"呜呼！噫嘻！我知之矣。畴昔之夜，飞鸣而过我者，非子也邪？"道士顾笑，予亦惊寤。开户视之，不见其处。

在苏轼时代，大地上万物有灵，人们战战兢兢，不敢在大地上轻举妄动。苏轼写过许多祭祀山川土地之神的祭文，其中一篇甚至是在梦中为牛神写的。

予在黄州，梦黑肥吏，以一幅纸，请《祭春牛文》，却之不可。云："欲得一佳文。"予笑而从之，云："三阳（阴历十一月冬至一阳生，十二月二阳生，正月三阳开泰，合称"三阳"）既至，庶草将兴。爰（于是）出土牛（牛神），以戒（训诫）农事。衣被丹青之好（牛神是彩绘文身的），本出泥涂；成毁须臾之间，谁为喜愠。"傍有一吏云："此两句，会有愠者。"其一云："不害。"久已忘之。参寥（苏轼的朋友，诗僧）能具道，乃复录之，今岁立春，便可用也。(《书梦祭句芒文》)

就是今天，在经历过"文革"之后，眉山民间依然暗暗地敬畏着神灵。三苏乡的千佛寺在三峰山下，历史可以追溯到隋唐时期，《蜀故》（清·彭遵泗）说"三峰山有东坡读书处"。1963年此地修有水库，位于山脚的寺院沉入水中。上世纪80年代，人们又在山顶重建了寺庙。前往寺院要乘船渡过水库，渡口有一条修水库时留下的公路，停着几辆汽车，车头都向着水库对岸的千佛寺。汽车上挂着红带子，满地的鞭炮屑，还烧了香。一问，才知道当地人买了新车，都要开到这里来驱邪，祈求神灵保佑一路平安。汽车被视为邪物。司机说，做了这个仪式，才不会出车祸。我们到达的时候，已经是下午5点，一潭碧水，远远地浮着一座朱红色的小庙，仿佛正在飘来。寺庙关着门，庙门外停着一艘小船。隔水喊了两声，没有动静，正叹没有缘分，要离开。门忽然开了，一位穿着红色袍子的老者走下湖边，解了船。到得近前，才看出是一位尼姑，跟着她上了岸。寺院很简朴，规模不大，长着树，开着花，住着鸟。正殿前面的空处，种着山芋，后面的山坡上排列着千尊水泥塑的佛像，漆光闪闪。神龛上有一个佛像与众不同，黑沉沉的，雕得古朴端庄。老尼说，这是水库水位下降时捡到的。我以为此地相当偏僻，站在高处才发现，绕过水库，掩映着寺院的林子后面，就是新修的高速公路，这个世外桃源已经被包围，其实是一个孤岛。千佛寺原址就在水库下面，岩壁上有上千座摩崖佛像。汶川地震后，水库漏水，抽干水修补，摩崖重现。当地人大惊："水底还会冒出佛像？"他们完全忘记了祖先们留下的这些摩崖造像。报道说：

> 8月初,一位村民致电记者:"我们这里的水库边上有好多佛像……7月的一天,我像往常一样外出干活,路过这里的时候突然发现,岩壁上多出了许多佛像,当时把我吓坏了。"

"故乡飘已远,往意浩无边。"(苏轼《初发嘉州》)嘉祐元年(1056),苏轼跟着父亲苏洵,带着家眷、仆人,离开故乡。一队人马浩浩荡荡,一面赶路,一面写诗,过成都,经阆中,出褒斜谷,过长安、渑池,于五六月间到达京师开封。

自从孔子宣布"周监于二代,郁郁乎文哉,吾从周"(《论语》)之后,以诗为核心的文一直在中国扮演着宗教的角色,文像神灵一样领导着中国。宋代推崇的是"文治",这是文明的黄金时代,陈寅恪先生说:"华夏民族之文化,历数千载之演进,造极于赵宋之世。"

苏轼的父亲苏洵少年时"不喜学,年已壮,犹不知书"。到了27岁,"始大发愤,谢其素所往来少年,闭户读书为文辞"(欧阳修《老苏先生墓志铭》)。"士生于世,治气养心,无恶于身。推是以施之人(将自己的美好德行传给他人),不为苟生;不幸不用(不幸没有得到知音),犹当以其所知,著之翰墨,使人有闻焉(使天下人知道苏洵的立场)。"(苏辙《历代论引》)后来,苏洵参加科举,没有考取,退而叹曰:"此不足为吾学也。"就把他为参加科举而写的文章烧了。"闭户读书,绝笔不为文辞者五六年。乃大究六经、百家之说,以考质古今治乱成败、圣贤穷达出处之际。"过了几年,才说:可以动笔啦!于是,"下笔顷刻数千言"(欧阳修《老苏先生墓志铭》)。益州知州张方平镇蜀时,"访知苏洵",推荐苏洵任成都学官。雅州知州雷简夫读到苏洵的《洪范论》,相见恨晚。致书张方平,称苏洵"岂惟西南之秀,乃天下之奇才"(《上张文定书》)。张方平、雷简夫又向当时住在开封的文坛领袖欧阳修推荐苏洵的文章。"永叔(欧阳修)一见,大称叹,目为孙卿子(荀子),献其书于朝。自是名动天下,士争传诵其文。"(张方平《文安先生墓表》)当苏洵终于有能力和机会获取功名进入仕途的时候,却采取一种老庄式的人生态度。做官的朋友雷简夫来信,说朝廷将召试苏洵舍人院,召命下来,苏洵拒不赴试,说是:

> 惟其平生不能区区附和有司之尺度,是以至此穷困。今乃以五十衰病之身,奔走万里以就试,不亦为山林之士所轻笑哉!(《与梅圣俞书》)

9

苏轼的母亲是青神县进士大理寺丞程文应的女儿,她是才女,诗书琴画皆通,18岁嫁给苏洵,她对丈夫说,你要是有志学习上进的话,我一生受累都可以。青神县以崇祀"青衣而教民农桑,民皆神之"的蚕丛氏而得名。苏轼少年时读书的中岩寺还在,寺在岷江边上,沿山而建,有摩崖,草木葱茏,气象非凡。据说苏轼曾在此与妻子王弗订婚。山崖上殿宇森然,大河就在诸山脚下。夏天的洪流使江面再次波澜起伏,一群燕子低回,水流呈现出一种磨盘转动的速度,仿佛青灰色的天空是一匹巨大的驴子。恍惚看见,那位伟大的作者正卷着裤脚,在彼岸的热雾中走着。

中岩寺旁边是汉阳镇。仿佛被洪流卷到岸上的宝石,这个小镇没有跟着时代潮流焕然一新,而是在一条凹凸不平的乡间公路的尽头守着旧。镇上的打铁铺依然火光熊熊,从渡口入镇的第一间房子就是。铁匠已经不用大锤,脚踩一座被工业革命抛弃了的老式小型汽锤，嘣嘣响着，铁匠满面红光，油汗淋淋。他的女人担任助手，蹲在一旁在砂轮上为打好的农具抛光。农人就围在炉子周围坐着，六元钱可以打把镰刀，立等可取。半小时后，一位农妇拿着刚刚冷却、还在发蓝的镰刀走了。另一位说，帮我打个犁头。小街上的理发室用的是摇摇欲坠、绑着布条的老式理发椅，理发师骄傲地说，电视台都来我这里拍过呢。五元钱剃一个头，他做的发型，时髦的烫发店还做不了。虽然镇上偶尔也有将头发染成黄色的小青年骑着摩托飞驰，但汉阳镇和附近乡村那些还守着几亩薄田过日子的人们，还是要来这个铺子剃了头才敢出门呢。卖豆花、汤圆和米粉的小铺，女儿招待客人，母亲在包馄饨。我们进入光线阴暗的铺子，拣张矮桌坐下，要了几碗凉粉，雪白的粉带上浇了麻油、酱油，洒上花椒……还有一勺子炸酱，美味呀！在街上溜达一圈回来，说是再吃一碗，已经在上着门板了，过了晌午就不卖了。"是的，我家的粉是好卖，可是钱不能一家人都赚了，也要留给别家赚点嘛！"那妈妈一边将门板往门臼里插一边说。

镇上的佛光寺门口贴着一副对联："天雨虽宽不润无根之草，佛门广大难度不善之人。"万事万物都要"止于至善"，说的还是苏轼时代的基本世界观。里面供着菩萨、弥勒佛、火神……大门外面还有个石头砌的小龛，供着土地公公，就是大地之神。日常生活必需的神灵像柴米油盐那样一应俱全，这可不是摆样子。人们每天都要来上香，没有神灵保佑，他们可不知道日子怎么过。火神很重要，这个小镇全是木板屋，有的人家还有雕梁画栋。今天不是赶集的日子，镇政府的大门关着，街面冷清。但茶馆非常热闹，镇上有四五家，都坐满了正在玩麻将的人。僻静些的小街上，几个老妇人坐在花盆旁边纳鞋底。堂屋中间的太师椅上坐着谁家的爷爷，另一屋里有人在打麻将，开着门。另一家的门后，四个人在下象棋，两个人下，两个人看，并且指手画脚，少年坐在旁边借光读书。大多数时候，镇子安静得谁家的猫哼一声全镇都能听见。千年前苏轼在老家读书的时候，世界大约也就是这般光景吧。

  凉簟碧纱厨。一枕清风昼睡余。睡听晚衙无一事，徐徐。读尽床头几卷书。（苏轼《南乡子·自述》）

  隔墙见君家纸窗竹屋依然，想见君黄冠草屦，在药垆棋局间……（苏轼《与杜几先》）

正走着，一个穿着雨衣扶着单车的汉子一把抓住我，问道，是不是记者？不由分说，就开始讲他的田地如何因修公路被占，打官司没有人理睬的故事。听上去，这个故事已经像祥林嫂讲"我们的阿毛"那样被说过无数遍了。我举伞听着，雨又下起来了，这汉子的单车的右边拴着一个竹编的箩筐，空着。元祐七年（1092），苏轼在扬州发现，仅江都县一个县的百姓就"积欠青苗钱斛二万四千九百二十贯石"，还不起的农户年年要增税，年年加息，越滚越多，欠官府的钱永远还不完。苏轼上书朝廷,为民请命:"臣顷知杭州,又知颍州,今知扬州,亲见两浙、京西、淮南三路之民,皆为积欠所压……"(《论积欠六事并乞检会应诏所论四事一处行下状》)在另一份奏状中,苏轼说:"苏、湖、秀三州,人死过半……有田无人,有人无粮,有粮无种,有种无牛,饿死之余,人如鬼腊",而地方官吏,"只为朝廷惜钱,不为君父惜民"(《再论积欠六事四事札子》)。

民间传说,苏洵年轻时曾经在可龙里山的老翁泉边上隐居读书。有时候在明月之夜,会恍惚看见一白发老翁躺在泉边,走近看时,老翁就隐身井里。苏洵觉得这是一个象征,少壮不努力,老大徒伤悲,于是开始发愤读书。这口井如今还在,苏洵家族的墓地也在这里。此地几度没落于荒烟蔓草,又几度从荒草中被找出来重建。最没落的是1967年,"被附近农民挖平,种上庄稼",1986年才重修。我们来这里,车子经过只容一车通行的乡间公路,玻璃窗经常被树叶乱刮。一路上还可以依稀感受到苏轼诗歌中的世界。

  簌簌衣巾落枣花,村南村北响缲车,牛衣古柳卖黄瓜。
   酒困路长惟欲睡,日高人渴漫思茶。敲门试问野人家。
  (苏轼《浣溪沙》)

老翁井已经被一个水塘包围了,水塘里修了一条水泥埂,通到井旁。我跪下去,捧起井水喝了一口,很涩。下着小雨,通往墓园的小道上覆满落叶、苔藓。新松之间，飘着淡雾。苏洵的墓在中间，两侧是苏轼、苏辙和家人的墓。这个墓园埋葬着的只有苏轼的父母，苏轼兄弟只是立了一个墓碑。苏轼、苏辙都埋葬在河南的郏县。"青山处处埋忠骨，何须马革裹尸还。"苏轼曾在一封信里说："葬地……千万莫循俗也。"（《致子由》）冷清、肃穆、庄重而遥远。一只乌鸦叫唤着，跌向树林。忽然，墓园边上的小屋走出一人，笑吟吟的。他是永光村的农民陶忠勤，乡里每年给他三百元钱，请他在这里守着。60岁，当过村干部，1977年参加过高考，差几分没考起，这件事他说了三遍。穿着沾满泥巴、洗得发白的蓝制服，脏兮兮，像是刚刚从土里钻出来。他家有七八亩地，种着玉米、土豆和东坡脐橙。他孙子也跑过来，我问，苏东坡你晓得吗？少年朗声应道，大圣人，老祖宗！老陶说，我是苏东坡的第一粉丝，天天都守着他。他说，春节、清明节，附近村子的人都会来烧香，平常来的人就少。眉山的苏学专家张忠全在一旁听见，说总有一天会热闹起来的，会的。张忠全毕业于四川大学中文系，一辈子都在研究苏轼，看不出丝毫书生气，倒像一位自家谷仓满满，因而总是笑眯眯的老农。每每说到苏东坡的故事，他的口气就像苏东坡还活着，就在附近午睡呢。他给我一本他编的书，叫作《苏东坡小时候的故事》。我笑道，老张哪，你把苏东坡的故事编得像领袖小时候的故事一样嘛。老张说，他就是领袖嘛。他告诉我，墓园里本来没有苏轼的墓，苏轼埋在河南，这个墓是他在政协工作的时候提议立起来的。那墓碑立了二十多年，已经长出苍苔。看见我们在这里东张西望,已经有人去村子里报告,走来几个农民,问道,是不是要开发了?开发成旅游区就好了,我们就有钱赚,一个农民说。

10

嘉祐二年（1057），苏轼在开封参加科举，"试礼部"。那时候，京城地区文风疲软，无病呻吟，矫揉造作，崇尚修辞，逞才使气，耍小聪明，好为"浮夸诡诞、戏弄不庄之语"。来自外省、边疆地区的苏轼朴素、天真、憨厚、野性、激越、敏锐、豁达，与京城才子们的气质截然不同。弟弟苏辙评论苏轼："其于人，见善称之，如恐不及；见不善斥之，如恐不尽；见义勇于敢为，而不顾其害。用此数困于世，然终不以为恨。"（苏辙《东坡先生墓志铭》）苏轼这样的人，就像李白那样属于"世人皆欲杀"（杜甫《不见》）者流，必须君子当道的时代才可能出人头地。

他生逢其时，嘉祐二年（1057）的科举，出题主考、录取的是当时的大文豪欧阳修、梅尧臣等人。他们的科举目标是"招来雄俊魁伟敦厚朴直之士，罢去浮巧轻媚丛错采绣之文，将以追两汉之余，而渐复三代之故"（苏轼《谢欧阳内翰书》）。参加考试的也是大师，如苏轼、苏辙、曾巩、张载、程颢、程颐……真个是辉煌至极的时代啊!

苏轼的弟弟苏辙也是天才,一参加科举就"与兄轼同登进士科,又同策制举"。那是一个言论自由的时代。朝廷选拔高级人才,鼓励"极言直谏"。苏辙在试卷中批评仁宗皇帝,"近岁以来,宫中贵姬至以千数,歌舞饮酒,优笑无度,坐朝不闻咨谟,便殿无所顾问。三代之衰,汉、唐之季,女宠之害,陛下亦知之矣。久而不止,百蠹将由之而出"云云。此策递交后,苏辙以为"必见黜",但是没有。苏辙这篇策论,司马光"第以三等",范镇"难之",蔡襄则说:"吾三司使(北宋前期最高财政长官)也,司会(对苏辙的敬称)之言,吾愧之而不敢怨。"只有考官胡宿"以为不逊,请黜之"。仁宗皇帝说:"以直言召人,而以直言弃之,天下其谓我何?""宰相不得已,置之下等,授商州军事推官。"(《宋史·苏辙传》)

苏轼应礼部试时,大诗人欧阳修是主考官,大诗人梅尧臣也是考官之一,他忽然在大堆的陈词滥调中看到苏轼的试卷《刑赏忠厚之至论》,好!赶紧拿给欧阳修看,大喜!苏轼的文章令他想到孟子的风格。苏轼在《刑赏忠厚之至论》中杜撰了一段古史:"皋陶为士,将杀人。皋陶曰杀之三,尧曰宥之三。"梅尧臣非常欣赏,却不知这几句引自何处,就问,苏轼说是他杜撰的。欧阳修叹道:"此人可谓善读书,善用书。"考卷是匿名的,欧阳修觉得苏轼的文章该得第一,但他猜测这是他的学生曾巩所作。自己的学生就不能给第一名啦,这位君子就给了苏轼第二名。复试,苏轼以《春秋》对议获得第一。后来,欧阳修读到苏轼的更多作品，说："此我辈人，余子莫群。我老将休，付子斯文。"（苏轼《祭欧阳文忠公夫人文》）付子斯文，欧阳修深恶当世的"浮巧轻媚丛错采绣之文"（苏轼《谢欧阳内翰书》），他将重建文之大道的希望寄托于苏轼。

春风得意，金榜题名，"出人头地"。成功、走红……并非苏轼参加科举的目的，在苏轼的时代，知识分子普遍追求的是"达则兼善天下"（《孟子》）。

11

盖文章经国之大业,不朽之盛事。(曹丕《典论·论文》)

文之为德也大矣,与天地并生者,何哉?夫玄黄色杂,方圆体分,日月叠璧,以垂丽天之象;山川焕绮,以铺理地之形;此盖道之文也。仰观吐曜,俯察含章,高卑定位,故两仪既生矣。惟人参之,性灵所钟,是谓三才。为五行之秀,实天地之心。心生而言立,言立而文明,自然之道也。……故知道沿圣以垂文,圣因文而明道,旁通而无涯,日用而不匮。《易》曰:"鼓天下之动者存乎辞。"辞之所以能鼓天下者,乃道之文也。(刘勰《文心雕龙·原道第一》)

孝、敬、忠、信、仁、义、智、勇、教、惠、让,皆文也。(唐·顾况《文论》)

文并不像今天那样只是作者们特立独行的自我表现的文字事业,一种独立自在的"诗就是诗"的写作艺术,更重视作者自我身份的确立,强调诗是个人之辞与无法言说者的悖论式的沟通方式,个人的风格化的语言游戏。诗在古代中国,不仅仅是现代意义上的作者(著作权的享有者)之诗。在苏轼时代,诗像政治、经济、日常生活诸方面一样,都献身于"止于至善"的文明大道。

圣人以通天下之志,以定天下之业,以断天下之疑。(《周易·系辞》)

发大议,定大策,开人之所难感,内足以正君,外可以训民,使于四方,邻国寝谋;言于军旅,敌人听命。(张耒《送秦观从苏杭州为学序》)

中举意味着苏轼有机会像屈原那样"美政",报效国家社会。在故乡成长的年代,苏轼已经被教育成一位博览群书、胸怀大志的文人。母亲程氏"亲授以书,闻古今成败,辄能语其要",在读到《后汉书》中的《范滂传》时,"慨然太息"。范滂是东汉的一位官员,他"按察郡县不法官吏,见时政腐败,弃官而去。桓帝延熹九年(166),以党事下狱,释归时,士大夫往迎者车数千辆。灵帝初,再兴党锢之狱,诏捕滂,自投案,死狱中"(《后汉书·范滂传》)。苏轼对母亲说:"轼若为滂,母许之否乎?"程氏曰:"汝能为滂,吾顾不能为滂母邪?"(苏辙

《东坡先生墓志铭》)

  参加科举,苏轼兄弟功成名就,苏轼被授大理评事、签书凤翔府判官。治平二年(1065)正月,苏轼回朝,后任职史馆。百善孝为先,治平三年(1066),父亲苏洵病逝,苏轼、苏辙兄弟立即弃官,扶柩还乡,在老家眉山为父亲守孝。

12

就在苏轼埋头读书的年代,有一位住在中原地区的人,已经在设计他改造中国之蓝图,这个人是王安石。王安石是偶尔爆发的大诗人,唐宋八大家之一。他诗不多,但杰作不少。"墙角数枝梅,凌寒独自开。遥知不是雪,为有暗香来。"(《梅花》)就是他的手笔。苏轼读了王安石的词作《桂枝香·金陵怀古》,叹道"此老乃野狐精也"(杨湜《古今词话》)。王安石忧国忧民,深受当时正在兴起的理学"知先行后"的影响,认为自己身怀大任,已经掌握了绝对真理,"天质自森森,孤高几百寻"(王安石《孤桐》),"比你较为神圣","天命不足畏,祖宗不足法,人言不足恤"(《宋史·王安石传》),担负着拯救斯民于水火之中的使命。他"议论高奇,能以辨博济其说,果于自用,慨然有矫世变俗之志"(《宋史·王安石传》)。当时的宰相唐介评论他:"安石好学而泥古,故论议迂阔,若使为政,必多所变更。"(《宋史·唐介传》)野史说:

王荆公性简率，不事修饰奉养，衣服垢污，饮食粗恶，一无所择，自少时则然。苏明允（苏洵）著《辨奸》，其言衣臣虏之衣，食犬彘之食，囚首垢面而谈《诗》《书》，以为不近人情者，盖谓是也。然少喜与吕惠穆（吕公弼）、韩献肃（韩绛）兄弟游。为馆职时，玉汝（韩缜，韩绛之弟）尝率与同浴于僧寺，潜备新衣一袭，易其弊衣，俟其浴出，俾其从者举以衣之，而不以告。荆公服之如固有，初不以为异也。及为执政，或言其喜食獐脯者，其夫人闻而疑之，曰："公平日未尝有择于饮食，何忽独嗜此？"因令问左右执事者曰："何以知公之嗜獐脯耶？"曰："每食不顾他物，而獐脯独尽，是以知之。"复问："食时置獐脯何所？"曰："在近匕箸处。"夫人曰："明日姑易他物近匕箸。"既而，果食他物尽，而獐脯固在。而后，人知其特以其近故食之，而初非有所嗜也。（宋·朱弁《曲洧旧闻》）

王安石沉迷于观念，不太顾及身边、在场、当下。他推行的青苗法，本是他在鄞县当知县时，在一个小地方因地制宜取得的成功经验，却要作为规范一刀切，完全不顾现实的复杂性、多样性，"不晓事"，在全国削足适履式地推广。

或曰青苗法善乎？曰未可以为不善也。然则可行乎？曰不必其可行也。善而不可行何哉？曰公青苗法之行，始见于官鄞县时。贷谷出息，俾新陈相易，而其民便之。……然而有必不可行者，以一县小而天下大也。以天下之大行之，则必有抑配

之患与积压之患。（蔡上翔《王荆公年谱考略》）

"纯道德，一风俗""萃于我"（苏轼）。王安石颇似现代自由主义思想家以赛亚·伯林说的刺猬，"相信世上存在着一种完美的前景，相信只需借助……某种方法就可达到真理"（《浪漫主义的根源》）。"根据普遍的理想，即根据一个人、一个群体或一个社会所追求的整个生活模式来做决定"，"要求最终答案——不惜一切代价追求整齐划一"（《自由论》）。王安石的矛盾是，他一方面是功利主义者、实用主义者。

  今之失患在不法先王之政者，以谓当法其意而已。夫二帝三王，相去盖千有余载，一治一乱，其盛衰之时具矣。其所遭之变，所遇之势，亦各不同，其施设之方亦皆殊，而其为天下国家之意，本末先后，未尝不同也。臣故曰：当法其意而已。法其意，则吾所改易更革，不至乎倾骇天下之耳目，嚣天下之口，而固已合乎先王之政矣。（王安石《上仁宗皇帝言事书》）

法先王之政，只是意思一下，做事却要根据现实状况灵活运用，这是实用主义。而在另一方面，在施政上他又搞一刀切的模式化、同质化，他的改革恰恰是"倾骇天下"，最终失败。王安石遗世独立，他要改造生活世界。他的出发点是好的，但观念与实践分裂，知先行后的行，反而"倾骇"生活世界。

苏轼恰恰相反,"天下之理,未尝不一,而一不可执。知其未尝不一,而莫之执,则几矣"(《东坡易传》),随物赋形,在世,活泼泼的。苏轼在诗歌中描绘他的日常生活,这是他的生活场景之一:

睡起画堂,银蒜押帘,珠幕云垂地。初雨歇,洗出碧罗天,正溶溶养花天气。一霎暖风回芳草,荣光浮动,掩皱银塘水。方杏靥匀酥,花须吐绣,园林排比红翠。见乳燕捎蝶过繁枝。忽一线炉香逐游丝。昼永人闲,独立斜阳,晚来情味。

便乘兴携将佳丽。深入芳菲里。拨胡琴语,轻拢慢捻总伶俐。看紧约罗裙,急趣檀板,霓裳入破惊鸿起。颦月临眉,醉霞横脸,歌声悠扬云际。任满头红雨落花飞。渐鹍鹊楼西玉蟾低。尚徘徊、未尽欢意。君看今古悠悠,浮宦人间世。这些百岁,光阴几日,三万六千而已。醉乡路稳不妨行,但人生、要适情耳。(《哨遍·睡起画堂》)

可以参照孟元老的记录:

大抵都城左近,皆是园圃,百里之内,并无闲地。次第春容满野,暖律暄晴。万花争出粉墙,细柳斜笼绮陌。香轮暖辗,芳草如茵。骏骑骄嘶,杏花如绣。莺啼芳树,燕舞晴空。红妆按乐于宝榭层楼,白面行歌近画桥流水。举目则秋千巧笑,触

处则蹴鞠疏狂。寻芳选胜，花絮时坠金樽。折翠簪红，蜂蝶暗随归骑。于是相继清明节矣。(《东京梦华录》卷六)

这是现实生活中的苏轼：

近却颇作小词，虽无柳七郎风味，亦自是一家。呵呵。数日前，猎于郊外，所获颇多。作得一阕，令东州壮士抵掌顿足而歌之，吹笛击鼓以为节，颇壮观也。(《与鲜于子骏三首》之二)

得之（苏轼在黄州的朋友）晚得子，闻之，喜慰可知。不敢以俗物为贺，所用石砚一枚，送上……呵呵。(《与徐得之十首》之八)

纸轴纳去，余空纸两幅，留与五百年后人跋尾也。呵呵。(《与孙子思七首》之四)

一枕无碍睡（一觉睡到天亮），轼亦得之耳，公无多奈我何，呵呵。(《答陈季常三首》之二)

某启。比日（近日）蒸热，体中佳否？承惠杨梅，感佩之至。闻山姜花欲出，录梦得（刘禹锡）诗去，庶致此馈也。呵呵。(《与林天和长官二十三首》之八)

新刻特蒙颁惠,不胜珍感。竹萌亦佳贶(kuàng,赠),取笋箪(diàn,竹席)菘心(白菜心)与鳜相对,清水煮熟,用姜芦服自然汁及酒三物等,入少盐,渐渐点洒之,过熟可食。不敢独味此,请依法作,与老嫂共之。呵呵。(谢谢您寄来的新作,非常珍贵,非常感谢!送给我的新笋真是好东西。竹笋,加上白菜心、鳜鱼,用竹席包起来,清水煮熟,用姜汁、芦汁和酒洒在上面,稍微放点盐,腌一下就可以吃了。此味我不敢独享,请照这个方法做,与老嫂一同享用吧,呵呵!)(《与钱穆父五十七首》之二十五)

某启。久留钱塘,寝食湖山间,时陪道论(在一起论道),多所开发(启发)。至于灵山道人,似有前缘。既别经岁,寤寐见之,盖心境已熟,不能遽忘也。(《与灵隐知和尚》)

灵壁出石……刘氏园中砌台下,有一株独巉,然反覆可观,作麋鹿宛颈状。东坡居士欲得之,乃画临华阁壁,作丑石风竹。主人喜,乃以遗予。居士载归阳羡(今江苏宜兴)。(灵壁出观赏石……刘家有一块非常峭拔,久看不厌,像麋鹿弯曲着脖子。我很想要这块石头,就在刘家的墙上画了一幅有竹子和怪石的画。主人大喜,就把这块石头送给我。我将它带回了阳羡。)(《书画壁易石》)

某启。日欲作《塔记》,未尝忘也。而别后纷纷,实无少暇。既请宽限而自违之,惭悚无地。(给你写《塔记》的事我是记着的,别后太忙,实在没时间,请宽限几日,很惭愧啊!)(《与曾子宣十首》之一)

13

    画家文同是苏轼的好朋友,《东山谈苑》说,文同为人画好一幅画,就说,不要说话,等着苏东坡来。

    近屡于相识处见与可(文同,字与可)近作墨竹,惟劣弟(苏轼自谓)只得一竿,未说《字说》(王安石著作,此处可能是指苏轼曾抄写其中片段)润笔,只到处作记作赞,备员火下,亦合剩得几纸。专令此人去请,幸毋久秘。不尔,不惟到处乱画,题云与可笔,亦当执所惠绝句过状索二百五十匹也。呵呵。(我最近常在熟人那里看见你文同画的墨竹,我却只得到一幅,他们没告诉我润笔是多少,只是到处看见文同的题字、赞诗,就像是用火烧字,想来剩不了几幅了吧。我派人去你那里取,不要藏起来吧。不然,我就到处乱画,而且题上你的大名。我还要拿着你送我的诗来索要250匹绸子。呵呵。)(苏轼《与文与可三首》之三)

> 元丰二年（1079）正月二十日，与可没于陈州。是岁七月七日，予在湖州曝书画，见此竹，废卷而哭失声。（苏轼《文与可画筼筜谷偃竹记》）

苏格拉底有一次问色诺芬：人在哪里可以变得美好？色诺芬承认自己不知道。"来跟我学习罢"，苏格拉底自认是一个美好的人，跟着他可以学习美好。诗也一样，一首诗只是令人美好，而不只是修辞。"修辞立其诚，所以居业也。"修辞以辩吉凶。

苏轼的尺牍经常用"呵呵"一词，呵呵二字，可谓苏轼的人生态度。过了千年，依然可以从他的文里面可以看出这个人：他是一个"绿党"（按梭罗在《瓦尔登湖》里面的意思，他在千年前就是绿党），热爱大地，敬畏自然，喜欢游山玩水，寻访幽境古迹；他是一个步行者、侠客，助人为乐也疾恶如仇，适量地饮酒，玩鹰，养狗，射箭，骑马，写字，弹琴，画画，收藏古董，出入青楼，经常与歌妓来往。

> 公（苏轼）春时每遇休暇，必约客湖（西湖）上，早食于山水佳处。饭毕，每客一舟，令队长一人，各领数妓，任其所适。晡（午后三点至五点）后鸣锣以集，复会望湖楼，或竹阁之类，极欢而罢。至一二鼓，夜市犹未散，列烛以归。城中士女云集，夹道以观千骑之还，实一时盛事也。（宋·王明清《挥麈录》）

他的朋友都是诗人、画家（比如文同）、书家（比如米芾）、高僧大德,也有很多普通人(比如学佛者契顺)。他会种地、盖房、养鸡、养鸭,也会号脉看病、开药方。他知道什么是美味,自己也会做,经常下厨房,也许还有点胖(有一次,他摸着肚子对爱妾朝云说,我这肚子里都是些什么呀)。他自称"鏖糟陂里陶靖节"(鏖糟这个词在汉语里面已经失传,昆明话还在用,意思是洗澡时搓下的污垢)。总之,生活,生活,再生活,生活就是他的文章,文章就是他的生活。他的文章不仅仅是书斋里的文章,而是李白说的那样"大块假我以文章",生活就是艺术。

> 我喜欢生活,喜欢呼吸甚于工作。我不认为我的作品将来对社会有任何重要性。所以,我的艺术就是生活艺术,每一秒,每一呼吸都是一件铭刻于无处的作品,既不是视觉的,也不是思考的,那是一种恒久的陶醉。(马塞尔·杜尚)

热爱生活并不意味着苏轼是一个犬儒主义者,有个故事可以看到苏轼的另一面。元祐七年(1092),宋哲宗乘辇去南郊祭神,苏轼是卤簿使,负责引导皇帝的车辇进入太庙。途中,路旁忽然冲出十几辆打着红色青色伞盖的牛车,与祭神的队伍抢道,看见皇室的仪仗队也不让路。苏轼令御营巡检使去责问,原来这是皇后和大长公主前来迎谒的车队。当时御史中丞李之纯是仪仗队队长,苏轼说:"你应当整肃政纪,立即向皇帝报告。"李之纯不敢,苏轼就去宋哲宗的车辇中奏告,后来哲宗派人将苏轼的奏疏转给了皇太后。并在第二天下令整肃仪仗队,规定以后皇后以下都不得再搞迎谒。

熙宁二年（1069），为父亲丁忧（守孝）三年之后，苏轼回到开封，在史馆任职。不久，王安石任同中书门下平章事，相当于宰相，开始在全国范围内大规模推行新法。他的新法之一是改革科举制度，废除诗赋词章取士的旧制，恢复以春秋三传明经取士。

以诗赋词章取士始于唐，"郁郁乎文哉"的文明到唐抵达极盛。就像古希腊是智者领导的社会一样，唐朝是文人领导的社会，是"文学化社会"（龚鹏程语）。"国家以文德应天，以文教牧人，以文行选贤，以文学取士"（白居易《策林》），文的崇拜在唐登峰造极，文人被视为诸神在世的象征。杜甫说："笔落惊风雨，诗成泣鬼神。"白居易说："天地间有粹灵气焉，万类皆得之，而人居多；就人中，文人得之又居多，美盖是气，凝为性，发为志，散为文。"（《故京兆元少尹文集序》）"文之神妙，莫先于诗。"（《刘白唱和集解》）"整个社会沉浸在文学崇拜的心理状态中，他们相信文字具有'不朽'的魔力，比事实更为真实。他们对文人心怀敬畏，因为那是能写出这种奇妙文字的人。""社会上每一个人似乎都觉得，人就应该是文人，社会生活就应该是文人式的生活，吟一首诗，写一篇文章，其实就是生活，犹如喝水或呼吸那样。"（龚鹏程《唐代思潮》）

14

在中国，文从来都扮演着宗教角色。《左传》说，"文物昭德"。德，升也。文物，就是通过文使人超越物宰制，成为"仁者，人也"。

> 上古之时，民心昧然，不知吉凶之所在，故圣人作《易》，教之卜筮，使吉则行之，凶则避之，此是开物成务之道。故《系辞》云"以通天下之故，以定天下之业，以断天下之疑"，正谓此也。（《朱子语类》卷七十）

> 刚柔交错，天文也；文明以止，人文也。观乎天文，以察时变，观乎人文，以化成天下。（《周易·贲》）

天文有待于人文，人文就是文明，文明照亮黑暗，化成天下。只有语言、文字出现，人的历史才开始，成为"仁者，人也"。文起源于巫，古代部落的巫师通过人文（文身、仪式、图腾、舞蹈、音乐、文字……）与天文交感，与神灵对话，文字是人文活动的记录。巫师就是文人，屈原就是"出则与王议事""美政"的巫师。由于控制着文的权力，有时候巫师也就是部落领袖。"巫君合一"（李泽厚），巫权与君权一体。巫侧重于对不可知（无）的沟通、解释、记录，止于至善；君侧重于对可以把握的现实（有）的运筹、执行、匡正，止于至善。自古以来，文与政的关系若明若暗，有时候是巫君合一，文政合一；有时候巫是巫，政是政。但即使文没有实权，文的地位永远高于政。因为文代表着不可知的天，传达着神秘莫测的天意，文的权力意味着"美政"。"致君尧舜上，再使风俗淳"（杜甫），政，正也。政是控制、匡正、掌控；美是好，是通。只有美政，才能政通人和。美政就是文政。

"州郡有忧，能治章上奏，解理结烦。"（王充《论衡·超奇》）孔子说："质胜文则野，文胜质则史。""为文者必当尚质抑淫"，"王者删淫辞，削丽藻"（白居易《策林》）。文统，必须有一个中庸之度，过度则将文过饰非。

> 国家化天下以文明，奖多士以文学，二百余载，文章焕焉。然则述作之间，久而生弊，书事者罕闻于直笔，褒美者多睹其虚辞。（白居易《策林》）

这一趋势在晚唐越演越烈。五代十国的混乱导致礼崩乐坏，"不学礼，无以立"（《论语》）。对儒家经典进行更实用的解释以重建秩序，立于礼，成为时代的大趋势，理学应运而生。在宋，唐代具有神圣地位的诗摇摇欲坠，被一些士大夫视为理性社会的障碍。程颐认为，诗"巧文丽辞为工，荣华其言，鲜有至于道者"，有人问，那诗可学吗？他说：

> 既学诗，须是用功，方合诗人格。既用功，甚妨事。古人诗云："吟成五个字，用破一生心。"又谓："可惜一生心，用在五个字。"……某素不作诗，亦非是禁止不作，但不欲为此闲言语。且如今言能诗无如杜甫，如云："穿花蛱蝶深深见，点水蜻蜓款款飞。"如此闲言语，道出做甚？（《二程集》）

司马光主张"取士之道，当先德行，后文学；就文学言之，经术又当先于词采"（《宋史·选举一》）。王安石理解的文是"治教政令，圣人之所谓文也"（《与祖择之书》）。熙宁元年（1068）新即位的宋神宗问王安石："当今治国之道，当以何为先？"王安石答："以择术为始。"王安石希望的新人是实用主义的经济之人："惟其遇事而事治，画策而利害得，治国而国安利，此其所以异于人。"（《材论》）

昔日，当圣人孔子高举"郁郁乎文哉，吾从周"（《论语》）的大旗的时候，他所谓的文，乃是人与世界关系的象征性尺度，趋向野蛮还是文明，这个度只有文可以把握、调整。文的核心是诗。

> 诗三百,一言以蔽之,思无邪。(《论语》)

> 思无邪者,诚也。(程颐)

> 诗,善为可法,恶为可戒。故使人思无邪也。若以为作使者思无邪,则《桑中》《溱诸》之诗,果无邪也?(《朱子语类》)

> 不学诗,无以言。(《论语》)

> 不学礼,无以立。(《论语》)

文意味着命名的到位,说法的解放,阐释的敞开,意义的彰显,层次、位置的分明,秩序的建构……文,起源于人在世界中的觉醒,"仁者,人也",人因文而脱离黑暗,而文明。"天地位焉,万物育焉。"(《礼记·中庸》)文不是僵死孤立的观念,文是一个语言的场,它总是依附着身,在世,活泼泼的,阴阳变化,知白守黑,有无相生。"国风好色而不淫,小雅怨诽而不乱"(司马迁《史记·屈原列传》),中庸,乃是文之度,这个度,只在于生生之谓易,止于至善。道在屎溺,道不是屎溺,如果止于至善,生生,在屎溺可得,那么道可以在屎溺。"质胜文则野,文胜质则史"(《论语》),这个度要根据身之适,不断地把握调整。

> 修辞立其诚。(《周易·乾》)

> 尧舜之所不能加，桀纣之所不能亡，是谓诚，凡可以闲而去者，无非邪也，邪者尽去，则其不可去者自存矣，是谓闲邪存其诚。(苏轼《东坡易传》)

苏轼所谓的诚，并非伦理道德范畴上的诚，这个诚，颇近于海德格尔的"去存在"。诚不是名词，而是动词。诚，信。存其诚，就是去信，齐物，不二，"不可去者"。这个动词，意味着诚总是在"之间"，而不是一个概念性的规定。苏轼这一思想显然与宋代理学家试图定位的思路不同。以文载道，道往往容易被固化为某僵死的观念，苏轼的思路是以文立其诚。

> 吾文如万斛泉源，不择地而出，在平地滔滔汩汩，虽一日千里无难。及其与山石曲折，随物赋形，而不可知也。所可知者，常行于所当行，常止于不可不止，如是而已矣。(苏轼《文说》)

文统必须在一个相对封闭、文化上有着共识的社会中才有效。化外之地崇尚一神教、武力，实用的民族并不知道文，而人的兽性本能也一再地要摆脱雅驯，"晋、魏之士，变而为旷荡，尚浮虚而亡礼法，礼法既亡，与夷狄同"(苏轼《历代世变》)。"……夷狄之人，与中国言语不通，衣服殊制；口不言先王之法言，身不服先王之法服；不知君臣之义，父子之情……"（韩愈《论佛骨表》）但雅驯过度又会导致文的虚饰，"小人之过也必文"（《论语》）。"辩足以饰非"（《庄子·盗跖》）丧失为现实提供形而上资源以有无相生的力量。苏轼时代，文已经偏离中庸之道，名不副实的虚文泛滥。《续资治通鉴》："范仲淹等意欲复古劝学，数言兴学校，本行实，诏近臣议。"于是宋祁、王拱辰、张方平、欧阳修等八人合奏曰：

> 教不本于学校，士不察于乡里，则不能核名实，有司束以声病，学者专于记诵，则不足尽人材，谨参考众说，择其便于今者，莫若使士皆土著而教之于学校，然后州县察其履行，学者自皆修饬矣。（如果教育不以学校为基础，不在乡里考察读书人，就不能核实读书人是否名副其实。政府如一味以诗文声律是否规范进行考核，学生只是专心于记诵声律词语，就无法选拔出真正的人才。参考了各种说法，适用现在情况的，是让读书人都来自乡村并在本乡本土的学校学习，然后再由州县对他们的成绩进行考查，学生就能名副其实地学习了。）（毕沅《续资治通鉴》）

从这个建议可以看出，那个时代文人对文的虚浮的担忧。苏轼的弟弟苏辙总结过文的历史：

> 昔孔子生于衰周而识文武之道，其称曰："文王既没，文

不在兹乎？"……孔子既没，诸弟子如子贡、子夏，皆以文名于世。数传之后，子思、孟子、孙卿，并为诸侯师，秦人以涂炭遇之，不能废也。及汉祖以干戈定乱，纷纭未已，而叔孙通、陆贾之徒，以《诗》《书》《礼》《乐》弥缝其阙矣。其后贾宜、董仲舒相继而起，则西汉之文后世莫能仿佛。盖孔氏之遗烈，其所及者如此。自汉以来，更魏晋，历南北，文弊极矣。虽唐贞观、开元之盛，而文气衰弱，燕、许之流，倔强其间，卒不能振。惟韩退之一变复古，阏其颓波，东注之海，遂复西汉之旧。自退之以来，五代相承，天下不知所以为文……及公（指欧阳修）之文行天下，乃复无愧于古。（《欧阳文忠公神道碑》）

苏辙认为，韩愈、欧阳修等人的复古，都是要回到文的黄金时代。

文的虚浮之风使文的实用性开始被强调，诗意被视为文的实用性的障碍，甚至怪罪于诗本身。宋代的改革是，将科举由隋唐以降的专考诗赋，改为兼试策论，甚至主考经义，应试者要对国家政治和社会重大实际问题提出解决方案。理学兴起，"文胜质则史"（《论语》），士大夫开始崇拜观念、模式、规划，主张知先行后。文化的实用主义、本本主义兴起，诗性开始式微。

  昔祖宗朝崇尚词律，则诗赋之士曲尽其巧；自嘉祐以来，

> 以古文为贵，则策论盛行于世，而诗赋几至乎熄。何者？利之所在，人无不化。（苏轼《拟进士廷试策表》）

> 自唐至今，以诗赋为名臣者，不可胜数，何负于天下，而必欲废之！近世士人，纂类经史，缀缉时务，谓之策括。待问条目，搜抉略尽，临时剽窃，窜易首尾，以眩有司，有司莫能辨也。且其为文也，无规矩准绳，故学之易成，无声病对偶，故考之难精。以易学之士，付难考之吏，其弊有甚于诗赋者矣。（苏轼《议学校贡举状》）

苏轼理解的文是：

> 《诗》者，天下之人，匹夫匹妇羁臣贱隶悲忧愉佚之所为作也。夫天下之人，自伤其贫贱困苦之忧，而自述其丰美盛大之乐，上及于君臣、父子、天下兴亡、治乱之迹，而下及于饮食、床笫、昆虫、草木之类，盖其中无所不具，而尚何以绳墨法度区区而求诸其间哉！（苏轼《诗论》）

苏轼认为，只有诗性的文才可以保证生命的"丰美盛大之乐"。"人充满劳绩，但还诗意地栖居在大地上。"（荷尔德林）

苏轼意识到文的危机，他要力挽狂澜，他要捍卫文的传统，他要"再使风俗淳"（杜甫）。"11世纪时，'文人'依然能将自己定位于思想文化的中心。苏轼当然也视自己为这些思想承载者中

的一员。"（包弼德《苏轼与文》）

在给张文潜（张耒）的信里，苏轼说：

> 先帝晚年甚患文字之陋，欲稍变取士法，特未暇耳。议者欲稍复诗赋，立《春秋》学官，甚美。仆老矣，使后生犹得见古人之大全者，正赖黄鲁直（黄庭坚）、秦少游（秦观）、晁无咎（晁补之）、陈履常（陈师道）与君等数人耳。（《答张文潜县丞书》）

这是一篇伟大的宣言。"甚美""尽美尽善"，这是中国文明的终极标准。宋的潮流是，尽善而未必尽美。苏轼力挽狂澜，试图以"甚美"来挽回文偏向实用主义的趋向。乌台诗案，表面看是党争，政见不同，而在千年后，人们或许可以看出，这其实是"甚美"的世界观与实用主义的世界观的争论。

苏轼逝世时，苏辙说："斯文坠矣！后生安所复仰！"（《东坡先生墓志铭》）

宋是一个鼓励直言不讳的时代。苏轼持不同政见，他要行的是古人之政，他直言不讳，反对王安石的新法。苏轼认为："圣人必能正，不能使天下必从"，"天下之理未尝不一，而一不可执，知其未尝不一而莫之执，则几矣"（天下的至理未尝不一，但一不可以固执，知道一而不固执，才近于一）（《东坡易传》）。苏轼尊重历史、经验、"道法自然"，热爱生活，必然尊重多样多元。"从我者纳之，不从者付之其所欲从，此大人也。"（同意我的，我接纳，不同意我的，让他坚持自己的意见，这才是高人。）

(《东坡易传》)他骨子颇近现代的自由主义者。"多元的价值，它们同等真实、同等终极，尤其是同等客观；因此，它们不可能被安排在一种永恒不变的等级秩序之下，或者是用某种绝对的标准来评判。"(以赛亚·伯林《扭曲的人性之才》)苏轼立即看出王安石变法的危险，在《答张文潜县丞书》一文中，他批评王安石：

> 文字之衰，未有如今日者也。其源实出于王氏。王氏之文，未必不善也，而患在于好使人同己。自孔子不能使人同，颜渊之仁，子路之勇，不能以相移。而王氏欲以其学同天下！地之美者，同于生物，不同于所生。惟荒瘠斥卤之地，弥望皆黄茅白苇，此则王氏之同也。(文的衰落，没有比今天更严重的了。其源头出于王安石。王安石的文章未必不好，但是他的祸害在于要让别人与他一致。孔子都不能使人一致，颜渊仁慈，子路好勇，孔子都无法叫他们改变。大地之美，在于它诞生了万物，万物都有生命，但每个生命形态色彩是不一样的。在荒凉贫瘠的盐碱地上，一眼望去只有黄色的草白色的苇。这就是王安石的同。)

在一次考试中，苏轼出了一道题，问为何"晋武平吴以独断而克，苻坚伐晋以独断而亡；齐桓专任管仲而霸，燕哙（燕王）专任子之而败；事同而功异"。王安石"滋怒"，认为这是在影射他。

熙宁三年（1070）二月，苏轼又向宋神宗进《拟进士对御试策》说：

> 今青苗有二分之息，而不谓之放债取利，可乎？凡人为善，不自誉而人誉之；为恶，不自毁而人毁之。如使为善者必须自言而后信，则尧舜周孔亦劳矣。今天下以为利，陛下以为义；天下以为害，陛下以为仁；天下以为贪，陛下以为廉。（现在依照青苗法，贷款给农民，农民要还二分利息，这不是在放债取利吗？人做了善事，不自夸别人也会夸奖。做了坏事，不自我贬损名誉，别人也会损他。要是做好事，必须自夸自信，那么做了许多好事的尧舜周公孔子也太累了。现在天下以为是争利的，陛下以为是义。天下以为是祸害的，陛下以为是仁。天下以为是贪婪的，陛下以为是清廉。）

真是大胆！

> 刘向曰："众贤和于朝，则万物和于野。"今朝廷可谓不和矣。其咎安在？陛下不返求其本，而欲以力胜之。力之不能胜众也久矣。（刘向说："朝中的贤臣都团结的话，天下就太平和谐。"现在朝廷可以说是不团结，谁要负责呢？陛下做事不从事物的根本出发，而企图以暴力取胜，而暴力自古以来都无法战胜人民的。）

越说越放肆了!

> 其施设之方,各随其时而不可知。其所可知者,必畏天,必从众,必法祖宗。(做事的方法,是因时而变,无法固定的。我们可以确定的是,必须敬畏神灵,顺应人民,效法祖先的经验。)

如此大逆不道、攻击质疑皇权的言论,宋神宗只是送给王安石去看。王安石说:"轼才亦高,但所学不正,今又以不得逞之故,其言遂跌荡至此,请黜之。"司空曾公亮说:"轼但异论耳,无可罪者。"后来,王安石又对宋神宗说:

> 陛下何以不黜苏?岂为其才可惜乎!譬如调恶马,须减刍秣,加棰扑,使其贴服乃可用。如轼者,不困之使自悔而绌其不逞之心,安肯为陛下用!且如轼辈者,其才为世用甚少,为世患甚大,陛下不可不察也。(陛下为什么不罢黜苏轼呢,难道是珍惜他的才华?驯服顽劣的马,必须减少它的粮草,加重它的劳役,驯顺之后才可用。像苏轼这样的人,其才华为世所用甚少,威胁却很大,陛下不可不察。)(刘时举《续宋编年资治通鉴》)

"上可陪玉皇大帝,下可陪卑田院(佛寺救济贫民之所)乞儿。""眼前见天下无一个不好人!"(高文虎《蓼花洲闲录》)熙宁四年（1071），苏轼自请离京，他先是被派往杭州任通判，后又被派往密州（山东诸城）、徐州、湖州任知州。

出都，今已达泗上，淮山照眼，渐闻吴歌楚语。(《与滕达道四十五首》之一）

15

四十年前,我躺在云南高原一处松树林里背诵了《赤壁赋》《临江仙》《念奴娇》《水调歌头》《江城子》之后,一阵冲动,就约上几位志同道合的好友坐火车出云南到重庆,再顺江东下了。我相信苏轼写下的一切都在原址上等着我。

> ……渔樵于江渚之上,侣鱼虾而友麋鹿。驾一叶之扁舟,举匏樽以相属。寄蜉蝣于天地,渺沧海之一粟。哀吾生之须臾,羡长江之无穷。挟飞仙以遨游,抱明月而长终。(苏轼《前赤壁赋》)

我确信我依然能够像苏轼那样在大地上觉悟。当火车穿过杭嘉湖平原,在杏花春雨的江南驶过之际,我心中即刻涌起王安石的"春风又绿江南岸,明月何时照我还"(《泊船瓜洲》)。青少年时代诵读大量苏东坡们的作品,现在来到这些作品产生的原址,就像是回到故乡，回到那些颠扑不破的真理。

四十年后，我再次乘火车穿越杭嘉湖平原，此前使我激动的旧世界已经焕然一新了。江南被雾霾笼罩着，烟囱、水泥罐、货场、仓库、车站、楼盘、高压电塔、开发区一群群奔过。我知道现代化，也预见到它的样子，但万万想不到是这样的凶猛、庞大，滚滚不绝，势不可当。就是固若金汤，往昔曾经征服了无数胡人，令他们甘愿被教化的江南也抵挡不住。已经很难看见江南了，一些水田的碎片，看上去就像美国或者澳大利亚的郊区。

从我住的宾馆的18层楼看下去，下面的杭州是灰色的，水泥物导致的灰几乎与梅雨时节的天空之灰一致，过去叫作水天一色，现在或许可以称为楼天一色吧。下着细雨，一些潮湿的绿茵从一些更深的缝隙里溢出来，下面是街道。偶尔，可以看见汽车像鱼一样缓缓地游过去，打伞的人在其间走着。杭州的屋顶上空无一人，像一个个篮球场，但没有那么空荡，有些通向屋顶的小屋、梯子、太阳能热水器什么的，偶尔也有一两个老人，站在屋顶甩动着双手。从前，苏东坡指挥修建的苏堤几乎要被游客踩塌了，铺成了水泥路面，两旁依然是"接天莲叶无穷碧，映日荷花别样红"（杨万里）。花上十元钱可以登上电动游览车，从摩肩接踵的游客之间穿过。坐在我旁边的一对情侣在低吟"若把西湖比西子，淡妆浓抹总相宜"。旅游团如鱼群般这一拨过去那一拨涌来，热闹得就像赶庙会，或者藏传佛教的信众围着喇嘛寺转经。人们并非仅仅是来欣赏风光，如此地成群结队、摩肩接踵、前呼后拥、左顾右盼、拉拉扯扯、大呼小叫、扶老携幼、揭裳连袂……恐怕没法欣赏。人们更像是来朝圣,来到杭州,每个人都要去苏堤上走一趟。

　　南北径三十里,为长堤以通行者。吴人种菱,春辄芟除,不遗寸草。且募人种菱湖中,葑不复生。收其利以备修湖,取救荒馀钱万缗、粮万石,及请得百僧度牒以募役者。堤成,植芙蓉、杨柳其上,望之如画图,杭人名为"苏公堤"……轼二十年间再莅杭,有德于民,家有画像,饮食必祝。又作生祠以报。(《宋史·苏轼传》)

924年后,苏堤依然领导着杭州,一个永不结束的苏节。西湖周边的房地产价值连城,已经差不多三万元人民币一平方米了。黄昏过后,湖畔的荷叶一齐朝着黑暗垂下,露出下面的茎秆,像是被累得要断的脖子。苏轼如果故国重游,一定不认识这个地方。今天的杭州完全在他的经验之外,就是做梦也不会梦到。"推枕惘然不见,但空江,月明千里。"(苏轼《水龙吟·黄州梦过栖霞楼》)只有一样东西,苏轼会认识,一钵钵东坡肉依然在那些高楼中某家厨房的煤气灶上庄严地炖着,热气蒸腾,仿佛是要供奉灶王爷。这碗据说是他创始的美食还在民间流传,现在已经成了杭州城里家家户户的家常菜。杭州的东坡肉与眉山的不同,失去了放荡不羁的山野气。在眉州,东坡肉自然而然,炖得稀烂,也看得出是肘子。杭州的东坡肉,看起来就像一个坛,切得方方正正,令人想到孔子要求的"割不正,不食"。苏轼的诗人同行也还在，虽然诗人不像苏轼时代那样风光了，太守必须会写诗这个传统已经彻底中断，但诗人一族并未消亡。对诗的癖好已经渗入民族血液，像DNA一样无法清除。诗人与政治的关系已经相当疏远。诗就是诗，获得了一种独立的地位。与苏轼当年的风光比起来，这个时代的诗人更像是一群地下工作者。在杭州，我与诗人们不期而遇。我知道，在杭州，必遇见诗人。在杭州的人可画廊，我遇见诗人伤水、黄纪云、王自亮等人，素昧平生但一见如故。黄纪云是一个公司的董事长，伤水开着一家公司，王自亮担任过政府官员……他们都以写诗为荣。他们的诗当然不再是苏轼那样的写法了，但还是长短句。长短句现在成为新诗的基本样式，以俗为雅这一点也没变。我们一行诗人，跟着伤水穿过西湖，去看黄宾虹的画展，看吴昌硕的印，又在一家书店里选了几本书，然后去吃片儿川。这是一种汤面，这种做法的面出现才一百多年，苏轼没有吃过。到了湖边一家馆子，伤水一阵吆喝，即刻摆满一桌，每人一大碗片儿川，还点了西湖醋鱼。这家没有东坡肉。我知道哪家最好，下次去，伤水说。在西湖边逛了一晌，过午方散。

　　承录示元之诗，旧虽曾见之，今得公亲书，甚喜。令跋尾。诗词如此，岂敢挂名其间。呵呵。惠示江瑶，极鲜，庶得大嚼，甚快。（您送来的这首诗，以前我就读过，现在得到您的亲笔诗签，太高兴了。您让我在后面写个跋，诗已经写得这么好了，我怎么敢再挂名！呵呵！您送我的江贝很新鲜，大吃一

顿,太痛快了。)(《与钱穆父五十七首》之二十)

今日诗人之间的交往,差不多还是这样。写诗,那就是朋友,即刻肝胆相照。我们每每谈及苏轼,大家语气之间似乎都有一个动作,就像基督徒提到圣父圣子之名那样要合个十字,只是没做出来而已。寓居杭州的诗人方闲海也打的穿过杭州城来看我,他在一个学校教美术,自费办着一个诗歌出版机构,叫作黑哨。他收入菲薄,就像苏轼的朋友张先那样"坐此而穷,盐米不继。啸歌自得,有酒辄诣"(《祭张子野文》)。我们在酒吧里长谈,没有提到苏轼。临走,他送我一个16开的大笔记本,深绿色的布面封皮,用宋代发明的那种蝴蝶装装订的,有一块砖那么厚,够写很久,呵呵。

16

在密州，苏轼写下了他的杰作《江城子·乙卯正月二十日夜记梦》：

十年生死两茫茫，不思量，自难忘。千里孤坟，无处话凄凉。纵使相逢应不识，尘满面，鬓如霜。

夜来幽梦忽还乡，小轩窗，正梳妆。相顾无言，惟有泪千行。料得年年肠断处，明月夜，短松冈。

这首诗怀念的是他的亡妻王弗。伟大情人的千古名作，令后代的爱人们一读再读，凄然神伤。

在古代中国，写作是自我超凡入圣的道路之一。"知者创物，能者述焉，非一人而成也"（苏轼《书吴道子画后》），"惟文字庶几不与草木同腐，故决意为之"（苏轼《答孙志康书》）。尊卑有序，修敬无阶，每个人每种追求都可以成为圣人，写作只是"生生之谓易"的生生之一。写作与世界人生是浑然一体的，一切都要止于至善。文人的文章，或者庶民的无文之文，都是一条道，生生，止于至善。

一为文人，以诗言志，文以载道，就像僧侣进入寺院，必须"吾丧我"，为道的彰显而隐匿自我。文不是自我的表现，而是"吾丧我"，"齐物"；"修辞立其诚"，就是自我在大道中匿名。汉语不是工具性的，而是存在性的，"语言是存在之家"（海德格尔）。有点像罗兰·巴特所谓的"作者之死"，"不再是为了直接对现实发生作用，而是为了一些无对象的目的，也就是说，最终除了象征活动的练习本身，而不具任何功用……失去其起因，作者就会步入他自己的死亡，写作也就开始了"（罗兰·巴特《作者之死》）。这种"象征活动"，有一个整体的宰制："尽善尽美"，从心所欲而不逾矩。作者之死，乃是作品抵达了至诚。

诗人就是文人，一切都是诗，一切都是文。

> 物一理也，通其意，则无适而不可。分科而医，医之衰也。占色而画，画之陋也。和、缓之医，不别老少，曹、吴之画，不择人物。（苏轼《跋君谟飞白》）

文人就是为世界文身者，写一切，文教，止于至善，甚美。苏轼的写作五花八门，生活就是艺术，就是写作。

> 能文而不求举，善画而不求售。曰："文以达吾心，画以适吾意而已。"（苏轼《书朱象先画后》）

他是第一流的画家（开创了中国的"文人画"），第一流的书法家，他什么都写，诗、赋、札记、诏书、口宣、奏议、表疏……什么能够生生，至善，他写什么。虽被后世尊为诗人，但在文体上，苏轼并没有厚诗薄文。"为文至多，而未尝敢有作文之意。"（苏轼《南行前集叙》）苏辙说："至其遇事所为诗骚铭记书檄论撰，率皆过人。""公之于文，得之于天。"（《东坡先生墓志铭》）《四库提要》载，《东坡全集》有一百一十五卷。这还不包括乌台诗案时被毁掉的那部分，它们都是用毛笔一个字一个字写下的。

　　有敕。卿等通两国之欢，不远千里。驱一乘之传，来庆三朝。（苏轼《赐大辽贺正旦使副银鋋锣等口宣》）

　　有敕。卿拔自循良，老于文学。禁林之命，儒者所荣。往祇厥司，以究所蕴。宣诏许内翰入院口宣。（苏轼《宣诏许内翰入院口宣》）

　　朕即位二年，水旱继作。致灾之故，实惟冲人。既延及于无辜，复贻忧于文母。是以坐不安席，食不甘味。（苏轼《赐文武百寮文彦博已下上第一表请皇帝御正殿复常膳不允批答》）

　　礼之至者无文，哀之深者无节。故禫而不乐，古人非以求名；琴不成声，君子以为知礼。朕以宗庙之重，勉蹈先帝之余。履其位惕然而自惊，用其物潸焉而出涕。（苏轼《赐文武百寮太

师文彦博已下上第一表请举乐不许批答》）

夫以才御物，才有尽而物无穷；以道应物，道无穷而物有尽。（苏轼《赐宰相吕公著乞罢相位除一外任不许批答》）

……

都是苏轼写的，就是为朝廷起草的文件，也有许多是苏轼自己的观点。他为朋友写墓志铭，为乳母写墓志铭。

赵郡苏轼子瞻之乳母任氏，名采莲，眉之眉山人。父遂，母李氏。事先夫人三十有五年，工巧勤俭，至老不衰。乳亡姊八娘与轼，养视轼之子迈、迨、过，皆有恩劳。从轼官于杭、密、徐、湖，谪于黄。元丰三年八月壬寅，卒于黄之临皋亭，享年七十有二。十月壬午，葬于黄之东阜黄冈县之北。

铭曰：生有以养之，不必其子也。死有以葬之，不必其里也。我祭其从与享之，其魂气无不之也。（苏轼《乳母任氏墓志铭》）

他写《服胡麻赋》《蜜酒歌》《猪肉颂》《老饕赋》《菜羹赋》……

17

元丰二年（1079），苏轼 44 岁，被派去湖州任知州，他向皇帝呈递了《湖州谢上表》。那时候官员每被派到一个地方任职，都要写这样的表，谢表也要在朝廷定期出版的公报上发表。在这个谢表里，苏东坡说："（陛下）知其愚不适时，难以追陪新进；察其老不生事，或能牧养小民。""新进""生事"之类的隐喻激怒那些支持王安石的官员，他们就要寻机灭掉苏轼。这些官员在苏轼做的事上找不出罪证，就转向他的诗歌、文章。苏轼时代，一个大臣持不同政见很正常，朝廷经常有大臣因政见不同而辞职（比如司马光、王安石）。小人们为苏轼罗织的罪名不是因为他的不同政见，而是他的诗歌暗示出"不臣之心"。

元丰二年（1079）七月二十八日，苏轼在湖州任上因写诗"谤讪朝廷"被御史中丞李定告发，逮捕，押往御史台关押。苏轼尚未定罪，"诟辱通宵"，关在监狱里等着宣判。皇室崇拜苏轼文才的人不少，包括皇帝的母亲。告发者担心他会被释放，于是更积极地在他的作品里翻找"微言大义"、隐喻、象征。这些告密者自己也是写诗写文章的人,自然娴熟于含沙射影、言此意彼、断章取义这一套。御史台里行舒亶用了四个月的时间研读苏轼的诗,此时他可不是一个诗歌批评家,苏轼的诗集在他看来,只是一堆案卷、罪证,不是美而是政。他终于找到一些片段上奏朝廷说:

> 包藏祸心,怨望其上,讪讟慢骂(诽谤辱骂)而无复人臣之节者,未有如轼也。盖陛下发钱以本业贫民(指青苗贷款,帮助贫困的农民),则曰"赢得儿童语音好,一年强半在城中";陛下明法以课试郡吏(颁布法令考核官员的政绩),则曰"读书万卷不读律,致君尧舜知无术";陛下兴水利,则曰"东海若知明主意,应教斥卤(盐碱地)变桑田";陛下谨盐禁(宋代曾实行盐由国家专卖),则曰"岂是闻韶解忘味,尔来三月食无盐"。其它触物即事,应口所言,无一不以讥谤为主。(朋九万《东坡乌台诗案》)

舒亶奏请将苏轼处死。身为宰相的王珪也甘当小人,他从苏轼诗集里面挑出一首诗:"凛然相对敢相欺,直干凌空未要奇。根到九泉无曲处,世间惟有蛰龙知。"(《王复秀才所居双桧二首》之二)对宋神宗说:"蛰龙"一句是对"陛下有不臣意",陛下"飞龙在天,轼以为不知己,而求之地下之蛰龙,非不臣而何?"(李焘《续资治通鉴长编》)苏轼麻烦大了,"利用小说反党"。这首诗本来是苏轼写给钱塘的中医王复的,王复家种着两棵桧树,苏轼借着赞美这两棵古树来暗示他对王复人品的仰慕。

诗只是诗,虽然一再被各时代的诗人申明,但读者一到关键时刻,就将诗理解为事实本身,美降格为事实,成为呈堂证供。尽善尽美,善成为现世在场的道德、政治尺度,超越性的尽美被忽略不计。"甚美"常常被好事者交给有司去定夺,而有司也认为自己有资格和权力定夺。美政,无事的时候是诗,一旦有事,美政分裂,那就是政。

> 政塞道丧,若违忤要势,即恐祸不旋踵,虽以清白自守,犹不能免请谒之累。(《北齐书·袁聿修传》)

政治封闭,大道沦丧,写作就是不合时宜的异端,时常害怕着祸从天降。虽然只是纯粹地、无关政治地写,也难免要战战兢兢,自我辩护。在中国这种文化传统中,写作是刺激的,令人兴奋的,也是危险的,令人恐惧的。"一封朝奏九重天,夕贬潮阳路八千"(韩愈),极端的时候,甚至会带来杀身之祸,诗歌天才被嫉妒、陷害的事情在中国历史上并不少见。杜甫写到李白的时候,曾说"世人皆欲杀,吾意独怜才"(《不见》)。野史记载,唐代诗人刘希夷曾经写下"年年岁岁花相似,岁岁年年人不同"的诗句,他舅舅宋之问为这两句诗迷狂,要求刘把这两句诗让给他,刘希夷不干,宋之问就杀害了刘希夷。

文政合一，并不意味二者没有分别。诗蛊惑人心，崇尚语言的自由无为，"澹无为而自得"（屈原《远游》），"笔落惊风雨，诗成泣鬼神"（杜甫《寄李十二白二十韵》）。在文政合一的开明时代，文化导致政通人和。在另一方面，由于文追求自由表达的本性而异常危险，头上总是悬着达摩克利斯之剑。文的悖论，它一方面是"位焉"，另一方面，它"师法造化"，试图代神立言，"圣人之学也，以其所见者推至其所不见者"（苏轼《东坡易传》）。说不可说之说，道非常道之道。文对迹象进行的解释，通常是不确定的、模棱两可的、感觉性的、表现性的、启示性的，信不信由你。怎么解释都行，解释越不确定的越被视为好诗。

法国哲学家朱利安在《间距与之间——论中国与欧洲思想之间的哲学策略》一书中讨论文的不确定：

> 对柏拉图而言，**之间**的想法找不到实际可以立足之处，它只能来自混合与"驳杂"，来自必须解开的错乱之混淆的认同。希腊人对"极端"深深着迷，因为只有极端会凸显出来，具有可分辨的特征而且可让人辨识它们之间的差异。但是希腊人可能忽略了流动的"两者之间"与过渡时的"模棱两可"。它们都不具有特定属性，它们是《老子》所谓的道。其后果是，柏拉图无法给这个生命**之间**任何实质，因此把生命一分为二……排除了生成与暧昧，但是**生活的思想**却因此被遗弃了。

中文词既没有词尾变化，也没有性、数、格变化，所以它几乎不建构，而是使用相关性发挥作用，强调肇因之中（非常有名的阴阳）两极的互动关系。同样地，中文也没有动词变化，因此——犹如欧洲语言的动词不定式——很自在地让人听见，事物沉默地进行着不确定之过程，那就是"道"。

苏轼在《东坡易传》中解释过"道"：

道者，器之上达者；器者，道之下见者。其本一也。

物生然后有象，象立而阴阳隐，凡可见者，皆物也，非阴阳也。

世之所谓变化者，未尝不出于一，而两于所在也。

"两于所在"就是朱利安所谓"'两者之间'与过渡时的'模棱两可'"。

圣人无能，因天下之已能而遂成之。

上而为阳，其渐必虚。下而为阴，其渐必实。至虚极于无，至实极于有，无为大始，有为成物。夫大始岂复有作哉？

有作，就是有心。就是朱利安所谓的"只有极端会凸显出来，具有可分辨的特征而且可让人辨识它们"。有心,就是不信,不信,不服,所以要极端,凸出。

> 天非求同于物,非求不同于物也,立乎上而天下之能同者自至焉,其不能者不至也,至者非我援之,不至者非我拒之,不拒不援,是以得其诚。

道是先验的,"我有是道,物各得之,如是而已"。道必须信任。

> 凡有心者,虽欲一不可得也。不一则无信矣,夫无信者岂不难知难从哉。乾坤惟无心故一,一故有信,信故物知之也易,而从之也不难。

文的最高境界是几近于道。几是距离、层次。怎样的文几近于道?孔子认为诗可"群",孔子暗示,诗导致的群、团结、共享的层次几近于道。"诗三百"何以能够流传至今,因为群。但是,文的"几近于道",也可以通过权力来定夺。这是文的"以其所见者推其所不见者"(《东坡易传》)的一个天然悖论。道在屎溺,但道不是屎溺,但有时候,道就是屎溺。苏轼时代,朝廷中几乎人人写诗,写得好的不在少数,懂得诗之奥妙的也不在少数。美政,美的事,可以交给美去定夺,也可以交给行政、有司去定夺。诗并非事实本身。天人合一,但是天也是天,人还是人,无论如何天人合一,开端处的分是无法弥合的。哲人孟子早就预见到文与政最终无法合一，他提出"穷则独善其身，达则兼善天下"。这意思也是，政见不合就独立写作，政见合时就美政。天是天，人是人，文政合一只有通过中庸之度来调整。完全的一仅是暂时的，分久必合，合久必分，这也是一阴一阳谓之道。古代文统的软肋在于，中庸之道仅依赖权力者个人的修养，慎独（阴），而缺乏制度（阳的）的保证。文人苏轼运气好，生逢其时。文化在宋已经具有宗教的地位。"郁郁乎文哉"，文具有最高的、神性的制约力量，一切世俗行为的最高核准权，某种程度上甚至制约着权力。诗是文统的核心，诗人就像神职人员。宋神宗就是真的忌惮苏轼，他也必须收敛。宋神宗看了被王珪告发的苏轼的诗后，说："诗人之词，安可如此论？"真是千古至言。这位"有司"不但有权力，而且有较高的修养，是明白"诗就是诗"的。他说："彼自咏桧，何预朕事？"章惇也从旁说："龙者，非独人君，人臣俱可以言龙也。"宋神宗就此继续说道："自古称龙者多矣，如荀氏八龙（东汉荀淑八子皆贤，时谓荀氏八龙），孔明卧龙，岂人君也？"（李焘《续资治通鉴长编》）王珪顿时"语塞"。王安石也施以援手，他虽然在变法上专断独行，但并非为了一己之私，而是忠诚于他的政治主张。苏轼的门人黄庭坚说："余尝熟观其（王安石）风度，真视富贵如浮云，不溺于财利酒色，一世之伟人也。"（《跋王荆公禅简》）王安石不喜欢苏轼的政见，"轼与臣所学及议论皆异"，但并不因此否定苏轼作为诗人、朋友的存在。这时，他已经被贬官，不在朝中，他听到苏轼命在旦夕，就写信派人连夜飞马进京递给宋神宗。信中说：

"岂有圣世而杀才士者乎?""王者虽以武功克定,终须用文德致治。"(李焘《续资治通鉴长编》)宋太祖曾经立碑"不得杀士大夫及上书言事人"。

18

苏轼没有被处死,元丰三年(1080)被流放到黄州。

黄州,在苏轼时代,是一个穷山恶水的流放地,古有"陋邦"之称。长江流到这里,在一片滑腻的红色砂岩(丹霞地貌)上迅速滚下,什么也留不住。但是在苏轼眼里,世界无处不可在,无不可诗。

　　某凡百粗遣,厄困既久,遂能安之。(苏轼《答苏子平先辈二首》之一)

　　余尝寓居惠州嘉祐寺,纵步松风亭下,足力疲乏,思欲就亭止息。望亭宇尚在木末,意谓如何得到?良久,忽曰:"此间有甚么歇不得处?"由是如挂钩之鱼,忽得解脱。(我曾经住在惠州嘉祐寺,有一次漫步在松风亭附近,走不动了,想着去亭里休息歇脚吧,但是看看松风亭还在高处,什么时候走得到啊。

想了一阵，忽然说："为什么就不能歇在这里呢？"于是，就像逃脱了钓钩的鱼一样解脱了。）（苏轼《记游松风亭》）

罪大责轻，得此甚幸，未尝戚戚。（苏轼《与王定国四十一首》之二）

在《自题金山画像》这首诗中，苏轼写道："问汝平生功业，黄州、惠州、儋州。"这三个地方都是苏轼的流放地。苏轼不认为开封是他功业发达的地方，他的功业开始于他落难的时候，开始于流放地。

苏轼的流放其实只不过是下野，归隐。没有人要改造他的世界观和政见，虽然失意于政治，但人们继续承认他作为诗人的神职地位。在苏轼整个流放生涯中，一直被他的读者顶礼膜拜。黄州太守陈君式非常尊重他，为他的生活提供了许多便利。在《初到黄州》这首诗中，苏轼写道：

> 自笑平生为口忙，老来事业转荒唐。
> 长江绕郭知鱼美，好竹连山觉笋香。
> 逐客不妨员外置，诗人例作水曹郎。
> 只惭无补丝毫事，尚费官家压酒囊。

完全是闲云野鹤。这种优哉游哉的流放，只出现在文教的中国。在苏轼的笔下，黄州被写成了一个天堂。

临皋亭下八十数步便是大江,其半是峨眉雪水,吾饮食沐浴皆取焉,何必归乡哉!江山风月,本无常主,闲者便是主人。(临皋亭下走八十几步就是长江,江水一半来自峨眉山的雪,我吃饭洗澡都用这水。何必回家乡嘛!江山风月,本来就没有主人,谁有闲心谁就是主人。)(《临皋闲题》)

东坡居士酒醉饭饱,倚于几上。白云左缭,清江右洄,重门洞开,林峦坌入。当是时,若有思而无所思,以受万物之备。惭愧!惭愧!(我酒醉饭饱,靠着小桌。白云在左边缭绕,清澈的江水在右边徘徊,门窗洞开,树林、山峦映入眼帘。这个时候,若有思而无思,全身心都投入造物主为我备下的万物。不好意思!不好意思!)(《书临皋亭》)

苏轼不是本质主义者,他更像一位存在主义者,随物赋形,"受万物之备"。"造物者之无尽藏也,而吾与子之所共适。"(苏轼《前赤壁赋》)

苏轼的诗中,经常出现"在"这个字。

只缘身在此山中。(《题西林壁》)

赢得儿童语音好,一年强半在城中。(《山村五绝》其四)

乘槎归去,成都何在。(《鹊桥仙·七夕和苏坚》)

园荒乔木老,堂在昔人非。(《中隐堂诗》其一)

无乃槁木形,人禽两自在。(《高邮陈直躬处士画雁二首》其一)

破镜重圆人在否。(《蝶恋花·代人赠别》)

人在瑶台阆苑。(《西江月·别梦已随流水》)

定场贺老今何在。(《虞美人·琵琶》)

谁教风鉴在尘埃。(《虞美人·波声拍枕长淮晓》)

且愿花枝长在。(《虞美人·持杯遥劝天边月》)

禅心已断人间爱。只有平交在。(《虞美人·送马中玉》)

柳丝搭在玉阑干。(《虞美人·深深庭院清明过》)

流水如今何在也。(《减字木兰花·送赵令晦之》)

玉房金蕊。宜在玉人纤手里。(《减字木兰花·玉房金蕊》)

一夜余音在耳边。(《减字木兰花·琴》)

清淮浊汴。更在江西岸。(《清平乐·送述古赴南都》)

双庙遗风尚在,漆园傲吏应无。(《清平乐·送述古赴南都》)

晓来雨过,遗踪何在？(《水龙吟·次韵章质夫杨花词》)

愿作龙香双凤拨,轻拢。长在环儿白雪胸。(《南乡子·裙带石榴红》)

人在玉堂深处。(《如梦令·为向东坡传语》)

毒手伤人,花容粉碎。空空色色今何在。(《踏莎行·这个秃奴》)

用舍由时,行藏在我。(《沁园春·孤馆灯青》)

住在潮头来处、渺天涯。(《南歌子·八月十八日观潮》)

吹笙只合在缑山。(《南歌子·黄州腊八日饮怀民小阁》)

美人依约在西厢。(《南歌子·有感》)

当时张范风流在,况一尊浮雪。(《好事近·烟外倚危楼》)

而今何在,西垣清禁,夜永露华侵被。(《永遇乐·长忆别时》)

先驱负弩何在,心已誓江西。(《诉衷情·送述古迓元素》)

君命重,臣节在。(《千秋岁·次韵少游》)

若言琴上有琴声,放在匣中何不鸣?若言声在指头上,何不于君指上听。(《题沈君琴》)

玉人家在凤凰山。(《江城子·玉人家在凤凰山》)

这些个,千生万生只在。(《殢人娇·赠朝云》)

诗老不知梅格在,吟咏,更看绿叶与青枝。(《定风波·咏红梅》)

轩轩青田鹤,郁郁在樊笼。(《僧惠勤初罢僧职》)

凤箫犹在翠微间。(《与述古自有美堂乘月夜归》)

巧捷功夫在腰膂。(《蝎虎》)

…………

我估计,苏轼是古代诗人中用"在"这个字最多者。
在,在苏轼这里还有一个词:好在。

明月清风好在哉。(《南乡子·席上劝李公择酒》)

故山知好在,孤客自悲凉。(《临江仙·送王箴》)

元丰七年四月一日,余将去黄移汝,留别雪堂邻里二三君子,会李仲览自江东来别,遂书以遗之。

归去来兮,吾归何处?万里家在岷峨。百年强半,来日苦无多。坐见黄州再闰,儿童尽、楚语吴歌。山中友,鸡豚社酒,相劝老东坡。

云何?当此去,人生底事,来往如梭!待闲看,秋风洛水清波。好在堂前细柳,应念我,莫剪柔柯。仍传语,江南父老,时与晒渔蓑。(《满庭芳》)

好在是古语,现代人多已不用。昆明还在用这个词,昆明人彼此问候语里有"给好在"(好在吗),好在喽!

苏轼的在,与存在主义的在有某种相通之处。他诗中的在,更像是对此在的一种形象性的解释。比如："横看成岭侧成峰，远近高低各不同，不识别庐山真面目，只缘身在此山中。"

作为存在，庐山面目乃是一种混沌，而此身此在于庐山则是"此在总是我的"，"现身、领会、沉沦"，"只要此在存在，它就能展开世界"（海德格尔）。

苏轼的在乃是这种在："物情无巨细，自适固其常。"（杜甫《夏夜叹》）"我生溪山间，弱冠衡茅住。生来乏华屋，所至辄成趣。"（苏辙《葺东斋》）苏轼的在不仅是此在，而且是"所至辄成趣"的"自适"之在，这种在道法自然，无所不适，无所不趣。无论"休对故人思故国，且将新火试新茶""人间有味是清欢""千里快哉风"还是"心似已灰之木，身如不系之舟"……人生际遇光明或黑暗，苏轼总是把握着一种超越性的在，"不以物喜，不以己悲"，"此心安处是菟裘"。

"吾与子之所共适。"（苏轼《前赤壁赋》）"唯至人乃能游于世而不僻，顺人而不失己。"（《庄子·外物》）

19

　　黄州如今已不叫黄州，数年前被当地政府改名为黄冈。黄冈著名的不是苏东坡，而是黄冈中学。这个中学不会教学生写策论，而以培养准确无误地答对标准答案的考试状元而著名。一位出租车司机告诉我，我们黄冈的名人多得很，他提了几位将军和官员的名字，没有提到苏轼。在《念奴娇·赤壁怀古》里提到的赤壁之上，根本看不见"乱石穿空，惊涛拍岸"，惊涛早已被堤坝挡在数千米之外，赤壁之上只有一个公园。

　　……陈旧的景区规划都已经跟不上游客的需要，急需进行改造升级。通过两年的申报、审批手续，我市东坡赤壁基础设施项目于今年（2013年）正式动工实施，目前，改造工程正在紧锣密鼓地进行中。

　　……整个项目的工程费用是1082万……所有的路面硬化，铺装。然后所有的草皮，苗圃，树木的改良，让（游客）一年四季都有花可看。还对公园的水体也进行了改造，现在的生活污水都是直接排进来的，外面建了两个化粪池，进行了两级的净化处理，争取还一个碧水蓝天。（黄冈新视窗网消息，黄冈电视台记者余敏、汪莉、吴雷、陈霄报道，2013-10-15）

在黄冈城边上，修建了一个遗爱湖风景区来纪念苏轼。"遗爱"一词来自苏轼，苏轼在黄州时，黄州的另一位太守徐君猷也热爱他的文章，俩人常在"竹间亭"饮酒写诗，交情甚笃。徐君猷离任后，苏轼将竹间亭改为遗爱亭。这个徐君猷"无赫赫名"，离开后却令人思念。苏轼说，之所以亭子改名为"遗爱"，是因为：

（徐君猷）未尝怒也，而民不犯；未尝察也，而吏不欺；终日无事，啸咏而已。每岁之春，与眉阳子瞻游于安国寺，饮酒于竹间亭，撷亭下之茶，烹而饮之。（苏轼《遗爱亭记》）

徐君猷死后，苏轼黯然写道：

雪后独来栽柳处，竹间行复采茶时。
山城散尽樽前客，旧恨新愁只自知。
（《徐君猷挽词》）

这个遗爱亭公园占地5400余亩，宽阔坦荡的广场，摆着许多石头，上面刻着苏轼的诗词，还有一个纪念馆。必须乘着电动游览车才能游览，在里面参观了一上午，因为太空旷，脸膛被冷风吹得发紫。解说员说，还没有走完一半呢。

黄冈的苏学专家王琳祥告诉我，以前，前往东坡赤壁的山道两侧，一路都是牌坊、碑刻。人们三步一叩、五步一香地前去朝拜。二赋堂还在。王琳祥说，清康熙初年，有"天下第一廉吏"之称的黄州知府于成龙重修了赤壁景区。为了纪念苏东坡，他将修复的楼阁名之为"二赋堂"。堂顶的中梁下面立着一块黑漆木屏风，屏风的前面是程之桢用楷书写的《前赤壁赋》，后面是李开侁以魏碑体写的《后赤壁赋》，二赋堂的匾是李鸿章写的，堂前对联为黄兴所撰，这些字都极为虔诚恭敬，不敢逞才使气。将一位诗人的文章神位一样地供着，就像汉谟拉比法典上的碑文。王琳祥说，经常有游客站在这里高声朗诵。二赋堂旁边还有苏祠，苏轼的塑像前支着香炉，下面是蒲团，跪拜的人很多，已经压扁磨破了。苏门四学士黄庭坚、秦观、晁补之、张耒塑像恭立两侧。

王琳祥正在为我们一一讲解，忽然，一个身着白衬衣、脚上穿着一双解放牌球鞋的年轻人从廊柱间闪出，一把揪住老王，他自称是黄庭坚的四十几代孙。"我向你请教一个问题"，连珠炮一般一口气提了十多个为什么。又与老王讨论真正的赤壁到底在哪里，因为湖北省还有一个赤壁市，原称蒲圻，属于咸宁，1998年6月更名为赤壁市。许多游客以为那里就是苏东坡写《赤壁怀古》的赤壁。王琳祥说："赤壁，必是赤色的崖壁或是光秃秃的山壁。蒲圻赤壁既不赤也不光秃，为什么称其为赤壁？"滔滔不绝地考证起来,他真是博览群书。刚刚要走,又过来四位游客,老王又被叫住了,要请王老师讲讲苏东坡的"赤壁之游"在什么位置。"东坡游的不是急流滚滚的赤壁摩崖上游,而是长江的洄水湾矶窝湖。"老王说。老王62岁,自号赤壁山人。他喜欢吹箫,有时候一个人站在赤壁后面的树林里吹,"苏东坡听得见的"。他曾经将自己结婚日定在农历"七月之望",旁人大惊。他著有《苏东坡谪居黄州》等书,对苏东坡在黄州的遗迹了如指掌。

他领我们走进黄冈中学,指着篮球场旁边的一块空地,说那就是定慧院。又走去一个街口,在西瓜摊、西药店、烤鸡铺子、杂货铺、报刊亭之间,老王说这就是承天寺,我有些迷糊,面前车水马龙,一个交通警察在指挥车辆,老太太惊魂未定地站在路中间,没有一辆车停下来让她过路。我们又穿过小巷,一路经过下水道、垃圾箱、饭馆漆黑的抽油烟机、写着买卖非法物品的电话号码的肮脏墙壁、挂着红色门帘的可疑理发室……这一路要遇见"长江绕郭知鱼美,好竹连山觉笋香"(《初到黄州》),"不问人家与僧舍,拄杖敲门看修竹"(《寓居定惠院之东杂花满山有海棠一株土人不知贵也》),"林深雾暗晓光迟,日暖风轻春睡足"(《寓居定惠院之东杂花满山有海棠一株土人不知贵也》)……必须有神仙的想象力。他完全忽视眼前的一切,不停地为我指出这是雪堂,这是东坡,那是南堂……最后带我们来到位于一座小山顶的五层居民楼,每家的窗子都安着笼子般的钢筋焊接的防护栏,黑压压地抓着这栋楼。楼道的墙壁上贴满小广告,楼梯边堆积着住户的家什。上到楼顶,他说这就是栖霞楼所在。"余谪居黄州,三见重九,每岁与太守徐君猷会于栖霞楼。"(苏轼《醉蓬莱·重九上君猷》)我小心着不被楼顶上的电线、建筑垃圾绊倒,望出去,看不见长江。那河流感觉是在远方天底下,黄蒙蒙的一条。楼前是各种建筑物的水泥顶、吊车的顶、高压电塔、私装的锅盖式天线、太阳能热水器的长桶……穿着已经大众化的高尔夫球衫、留着分头的老王站在楼边,闭着眼睛,奋身朗诵"乱石穿空,惊涛拍岸,卷起千堆雪……"。起风,狂灰卷过城市的天空,新的混沌之间,依然能感觉到那种苍茫寥廓,似乎听得见浩浩荡荡的激流。

"郡中无一人旧识者。时时策杖在江上,望云涛渺然……"(苏轼《别文甫子辩》)在黄州,苏轼没有房子,他自己盖:

> 苏子得废园于东坡之胁,筑而垣之,作堂焉,号其正曰"雪堂"。堂以大雪中为,因绘雪于四壁之间,无容隙也。起居偃仰,环顾睥睨,无非雪者。苏子居之,真得其所居者也。(苏轼得到一个废弃的园子,在东坡的一个侧面,将它垒筑平坦,盖了房子,取名雪堂。因为盖房子的时候在下大雪,所以在四壁上画满了雪。起居睡觉,看见的都是雪,真是我想住的房子呵。)(苏轼《雪堂问潘邠老》)

没有粮食,他自己种:

> 近于侧左得荒地数十亩,买牛一具,躬耕其中。今岁旱,

米贵甚。近日方得雨，日夜垦辟，欲种麦，虽劳苦却亦有味。（苏轼《与王定国四十一首》之十三）

就苏轼自己的生活记录来看，被流放到黄州，并非今人所理解的逆境，倒是摆脱了案牍劳形后的一种自由、解放。

邻曲相逢欣欣，欲自号鏖糟陂里陶靖节，如何？（苏轼《与王定国四十一首》之十三）

寓一僧舍，随僧蔬食，甚自幸也。感恩念咎之外，灰心杜口，不曾看谒人。所云出入，盖往村寺沐浴，及寻溪傍谷钓鱼采药，聊以自娱耳。（苏轼《与王定国四十一首》之一）

信笔乱书，无复伦次，不觉累幅。书到此，恰二鼓，室前霜月满空。（苏轼《与王定国四十一首》之八）

闲废无所用心，专治经书。一二年间，欲了却《论语》《书》《易》……（苏轼《与滕达道六十八首》之二十一）

布衣芒屩，出入阡陌，多挟弹击江水，与客为娱乐。每数日必一泛舟江上，听其所往。乘兴或入旁郡界，经宿不返，为守者极病之。（宋·郑景望《蒙斋笔谈》）

顷在黄州，春夜行蕲水中，过酒家饮，酒醉，乘月至一溪桥上，解鞍，曲肱醉卧少休。及觉已晓，乱山攒拥，流水锵然，疑非尘世也。书此语桥柱上。（不久前在黄州时，骑着马走在春天之夜的蕲水畔，经过酒馆就进去喝几杯，喝醉了，乘着月光来到一溪桥上，解鞍下马，醉醺醺地躺下，把胳膊当作枕头。睡醒时天已经亮了。猛然看见乱山簇拥在周围，流水响亮，怀疑是在天堂里。就填词一首，题在桥上。）

照野弥弥浅浪，横空隐隐层霄。障泥未解玉骢骄，我欲醉眠芳草。

可惜一溪风月，莫教踏破琼瑶。解鞍欹枕绿杨桥，杜宇一声春晓。（苏轼《西江月·顷在黄州》）

昨夜偶与客饮酒数杯，灯下作李端叔书，又作太虚书，便睡。（苏轼《答秦太虚七首》之二）

余既治东坡，筑雪堂于上。人俱笑其陋，独鄱阳董毅夫过而悦之，有卜邻之意。乃取《归去来词》，稍加隐括，使就声律，以遗毅夫。使家童歌之，时相从于东坡，释耒而和之，扣牛角而为之节，不亦乐乎？（我整理好东坡，盖了雪堂，人们都嘲笑太简陋了。只有鄱阳来的朋友董毅夫来访时说很喜欢，有意与我做邻居。我就把陶渊明的《归去来兮辞》稍加修改，使它符合音律，送给毅夫。叫家童歌咏这个词，在东坡耕地的人们听见歌声都放下农具，敲击着牛角打着拍子，不是很快乐

吗？)(苏轼《哨遍·为米折腰》)

　　君数书，笔法渐逼晋人，吾笔法亦少进耶？画不能皆好，醉后画得一二十纸中，时有一纸可观，然多为人持去，于君岂复有爱，但卒急画不成也。(苏轼《与王定国四十一首》之十三)

　　东坡与客论食次，取纸一幅，书以示客云："烂蒸同州羊羔，灌以杏酪，食之以匕不以箸，南都麦心面，作槐芽温淘，糁以襄邑抹猪，炊共城香粳，荐以蒸子鹅，吴兴庖人斫松江鲙。既饱，以庐山康王谷帘泉，烹曾坑斗品茶。少焉，解衣仰卧，使人诵东坡先生《赤壁前后赋》，亦足以一笑也。"(苏东坡与客人谈论美食后，取来一幅纸，写给大家看，说："蒸烂同州产的羊羔肉，再灌以杏酪，吃的时候要用匕首切来吃，不要用筷子；再用南都的麦心面，做槐芽温淘，加上襄邑的抹猪肉；炊共城产的香粳米，和蒸子鹅一起吃；再来一道吴兴厨师烹制的松江鲙鱼。吃饱后，用庐山康王谷的泉水，泡曾坑斗品茶。喝上几杯，然后解开衣扣躺着，使人朗诵我的《赤壁前后赋》，也足以一笑。")(朱弁《曲洧旧闻》)

　　律诗在晚唐已经走向模式化，束缚着诗人的创造力。一种新的写法自民间悄然开始，长短句——词出现了。词起源自胡夷、里巷之曲，就像现在的自由诗一样，它最初受到外来文化的影响。许多正统诗人看不上这种写作,他们打击这种写法不纯正的诗,贬为"小道""诗余",诗的副产品。李清照认为,词"虽协音律,而语词尘下"(《词论》)。有位叫钱惟演的诗人,"平生唯好读书,坐则读经史,卧则读小说,上厕则阅小辞"(欧阳修《归田录》)。律诗仅七言、五言两种格式。词将近似口语的长短句配以较为宽容的平仄节奏形成词牌,每个词牌由固定字数、韵律的长短句组成,词牌多达两千多种,这为诗开拓了更广阔的空间。最早将词当作诗来写的是诗人柳永,柳永的词,形式是新的,意境依然是晚唐流行的浅酌低唱、风花雪月。直到苏轼,词才被庄重严肃地对待,不再是"小道","为诗之苗裔","萧然有远古风味"。

苏东坡词,人谓多不谐音律,自然,居士词横放杰出,自是曲子中缚不住者。(晁无咎语,见吴曾《能改斋漫录》)

东坡先生非心醉于音律者,偶尔作歌,指出向上一路,新天下耳目,弄笔者始知自振。(王灼《碧鸡漫志》)

世言东坡不能歌,故所作乐府词多不协。晁以道云:"绍圣初,与东坡别于汴上。东坡酒酣,自歌《古阳关》。"则公非不能歌,但豪放不喜裁剪以就声律耳。(陆游《老学庵笔记》)

>近却颇作小词,虽无柳七郎风味,亦自成一家。(苏轼《与鲜于子骏三首》之二)

>东坡在玉堂,有幕士善讴,因问:"我词比柳词何如?"对曰:"柳郎中词,只好十七八女孩儿,执红牙拍板,唱杨柳岸,晓风残月;学士词须关西大汉,执铁板,唱大江东去。"(俞文豹《吹剑续录》)

苏轼一方面将词从音乐的附庸里解放出来,词不再只是歌词,而是一种可以脱离音乐而独立的新诗体。另一方面,他引领着诗摆脱形式主义的语词游戏,重返活泼泼的生活世界,走向雄浑、开阔、深邃的意境。

在黄州,苏轼写下了他那些最杰出的作品。"东坡词颇似老杜诗,以其无意不可入,无事不可言也。若其豪放之致,则时与太白为近。太白《忆秦娥》,声情悲壮。晚唐、五代,惟趋婉丽,至东坡始能复古。"(刘熙载《艺概》)

>夜饮东坡醒复醉,归来仿佛三更。家童鼻息已雷鸣,敲门都不应,倚杖听江声。
>长恨此身非我有,何时忘却营营。夜阑风静縠纹平,小舟从此逝,江海寄余生。(苏轼《临江仙·夜归临皋》)

电影镜头般的语言,叙事、抒情、思浑然一体,在中国古典诗歌里独树一帜。中国诗歌的传统是大地赞美,苏东坡的大地赞美走得更远,深入到思的层次,以文为诗。他开始思之诗,诗像文一样展开,深入到世界人生的幽微之处。

> 为米折腰,因酒弃家,口体交相累。归去来,谁不遣君归。觉从前皆非今是。露未晞,征夫指予归路,门前笑语喧童稚。嗟旧菊都荒,新松暗老,吾年今已如此!但小窗容膝闭柴扉,策杖看孤云暮鸿飞,云出无心,鸟倦知返,本非有意。
>
> 噫!归去来兮,我今忘我兼忘世。亲戚无浪语,琴书中有真味。步翠麓崎岖,泛溪窈窕,涓涓暗谷流春水。观草木欣荣,幽人自感,吾生行且休矣!念寓形宇内复几时。不自觉皇皇欲何之?委吾心、去留谁计。神仙知在何处?富贵非吾志。但知临水登山啸咏,自引壶觞自醉。此生天命更何疑。且乘流、遇坎还止。(苏轼《哨遍·为米折腰》)

好一个"且乘流、遇坎还止"!过去的诗歌要么意气飞扬,要么婉转低沉,苏轼的诗外枯中膏、客观冷静、不事张扬、大巧若拙,寓深刻于平淡,"以俗为雅","常言","街谈市语,皆可入诗,但要人镕化耳"(周紫芝《竹坡诗话》)。

> 冲口出常言,法度去前轨。(苏轼《诗颂》)

> 大略如行云流水，初无定质，但常行于所当行，常止于所不可不止，文理自然，姿态横生。（苏轼《答谢民师书》）

叙事、写景、议论、抒情颇近散文，但被诗性的语感收摄，语气平和而意蕴幽微深邃，貌似冷静客观其实暗藏玄思，颇近现代的奥登。

20

有个故事说,年轻时章惇与苏轼同游南山,到了仙游潭,潭在万仞绝壁之下,下去的小路非常狭窄。章惇请苏轼到潭边的岩壁上去题字,苏轼不敢。章惇冒着危险走下去,蘸着漆墨挥毫在石壁上大书六个字:"章惇苏轼来游。"后来苏轼拍着章惇的背说:"你一定敢杀人。"章惇问:"为啥?"苏轼说:"自己的命都不要的人,当然敢杀人。"章惇大笑。苏轼与章惇不同,章惇不顾生命危险,将名字"漆墨濡笔大书石壁上",名重于生命。苏轼"不敢",他不"拼命",他重视身体,热爱生命。

君子黄中通理,正位居体。美在其中,而畅于四支,发于事业,美之至也。

"黄",中之色也;"通"是"理",然后有是色也。君子之得位,如人之有四体为己用也。有手而不能执,有足而不能驰,神不宅其体也。(《东坡易传》)

意思是：君子黄色居中，而兼有四方之色，有健康居正的身体，真理才能施行通达。美在其中，还要身体四肢通畅才能体现出来，才能使事业发达。这才是美（否则美只是概念、观念）。黄，就是身体中看不见的居中之色（精神之色）。通达、呈现就是理，理通才成为色（可见的表象）。君子能够守住上天赐予他的本位，就像人有着只属于他自己的五官四肢，如果有手而不能用，有脚而不能走，神就不在他的身体里面了。

苏轼时代的理学家是这个样子：

> 屏居南山下，终日危坐一室，左右简编，俯而读，仰而思，有得则识之，或中夜起坐，取烛以书。（吕大临《横渠先生行状》）

在司马光的葬礼上，理学家程颐拘泥于教条，不顾人情。苏东坡带领百官供奉先帝灵牌后，赶到司马光府上。程颐不准他进去，说："这不合乎孔子立下的规矩，《论语》云：'子于是日哭，则不歌。'"意思是，你们供奉先帝灵牌时已听了乐曲，同一天怎么能来哀悼逝者呢？你没读过《论语》吗？苏轼说："《论语》中也没有'子于是日歌，则不哭'嘛！"意思是《论语》中也没说听了歌曲当天就不能哭嘛！苏东坡就带百官径直入府，又发现司马光的儿子、亲属没有出来接待前来吊唁的宾客，因为程颐不准，说是司马光的儿子若真正孝顺，应去悲痛，不能在外待客才合古训。苏东坡当众骂程颐道："你真是个鏖糟死脑筋呵。""苏轼不悦于颐,颐门人贾易、朱光庭不能平,合攻轼。"(《宋史·程颐传》)朱熹也不喜欢苏轼,认为苏轼文辞伟丽,近世无匹,但"其词意矜豪谲诡"(《答程允夫》),不是那些知道"道"是什么的君子"所欲闻"。朱熹说,"圣人千言万语只是教人存天理,灭人欲"(《朱子语类》),他的本意是人不应当被欲望遮蔽了生命的本真。但是,"天理"、观念、主义被理解为与身体、生命对立的思潮也开始出现。道法自然走向模式化、观念化,那时代许多士大夫离大地越来越远,失去了行动能力,与生活世界的场域越来越远。道法自然,他们可以将"自然"制作成自己家内的园林、盆景,关起门来自我陶醉。柳永的诗之所以气象纤弱,也与柳永生活世界的歌廊酒肆、楼台亭阁、假山画船有关。如:"关河冷落,残照当楼"(《八声甘州》);"飒飒霜飘鸳瓦,翠幕轻寒微透,长门深锁悄悄,满庭秋色将晚"(《斗百花》);"凤额绣帘高卷,兽环朱户频摇"(《西江月》)。

苏轼不执于观念:

> 此心寂然,此身兀然,与虚空等……诸障渐灭,自然明悟;譬如盲人,忽然有眼,此时何用求人指路。(苏轼《养生说》)

> 酒醉饭饱,倚于几上。白云左缭,清江右洄,重门洞开,林峦坌入。当是时,若有所思而无所思,以受万物之备。(苏轼《书临皋亭》)

> 物固有是理，患不知，知之，患不能达之于口与手。（事物固然都有自己的道理，就怕不知道，知道，又怕不能说出来或者动手去做。）（苏轼《答虔倅俞括奉议书》）

20世纪，梅洛·庞蒂提出的"挺身于世界"，几近于轼乎？

> 我们以我们的身体实现过渡，这就是我能。每一知觉都是我的身体的肉体统一的一个环节。……自我与身体的关系不是纯粹主我与一个客体的关系。我的身体不是一个客体，而是一种手段，一种知觉。我在知觉中用我的身体来组织与世界打交道。由于我的身体并通过我的身体，我寓居于世界。身体是知觉定位在其中的场。（梅洛·庞蒂《旅程Ⅱ》）

苏轼热爱生活，安土忘怀，"尊儒而不执于儒"（杨子怡语）。相信只有知行合一的行动、动手才能生生，当时代日益从大地、手边退出的时候，他保持着与大地、手边的直接联系，他的诗依然是大地之诗。"大块假我以文章"，中国文明，一开始就是为大地文身。

> 古来文章，以雕缛成体，岂取驺奭之群言雕龙也？夫宇宙绵邈，黎献纷杂，拔萃出类，智术而已。岁月飘忽，性灵不居，腾声飞实，制作而已。夫有肖貌天地，禀性五才，拟耳目于日月，方声气乎风雷，其超出万物，亦已灵矣。形同草木之脆，

> 名逾金石之坚，是以君子处世，树德建言，岂好辩哉？不得已也！（刘勰《文心雕龙·序志第五十》）

天地有大美而不言，文道法自然，师从造化，苏轼是伟大实践者。

《赤壁赋》是苏轼最伟大的作品之一，思之诗的典范。中国文明一再召唤的不朽诗意再次获得广阔雄浑深邃美妙的命名。抒情、写境、思自然涌出，似乎语词在被从黑暗的大地上召唤而来的宁静喜悦中聚集，就像某种古琴在天地神人四位一体的宇宙中弹奏出来的乐章。此文成为中国文明的一个尺度，对它的理解、感悟可以衡量一个知识分子的品质、悟性、道行、精神境界的高低深浅，像《圣经》一样，可以测量人与神的距离。

作为思想家，苏轼是一位先知。

> 凡有思皆邪也，而无思则土木也。孰能使有思而非邪也，而无思则土木也。……盖必有无思之思焉。夫无思之思，端正庄栗，如临君师，未尝一念放逸，然卒无所思。（苏轼《续养生论》）

> 天地之间，或贵或贱，未有位之者也；卑高陈而贵贱自位矣。或刚或柔，未有断之者也；动静常而刚柔自断矣。或吉或凶，未有生之者也；类聚群分而吉凶自生矣。或变或化，未有生见之者也；形象成而变化自见矣。故刚柔相摩，八卦相荡，

> 雷霆风雨，日月寒暑，更用迭作于其间，杂然施之，而未尝有择也；忽然成之，而未尝有意也。（苏轼《东坡易传》）

类似的思想，近世有德国的海德格尔，他说："沉思之思必须保持在非效用性中……一切的发生都是那样了无痕迹。"（《作坊杂记》）苏轼说："但不记者，是不可言不可作也。"（《东坡志林》）这正如维特根斯坦的名言："凡是可以说的都可以说清楚，对于不可以说的就必须保持沉默！"（《逻辑哲学论》）

苏轼的思想影响到王阳明，董其昌说："其说非出于苏，而血脉则苏也。"（沈德符《万历野获编》卷二十七）

21

在黄州，苏轼经常乘一叶孤舟去黄州对岸鄂州的西山游览。

> 每风止日出，江水伏息，子瞻杖策载酒，乘渔舟，乱流而南。山中有二三子，好客而喜游。闻子瞻至，幅巾迎笑，相携徜徉而上。穷山之深，力极而息，扫叶席草，酌酒相劳。意适忘反，往往留宿于山上。以此居齐安三年，不知其久也。（苏辙《武昌九曲亭记》）

那时候的江水是蓝色的，清澈见底。如今，大江上已经无渔舟，江流还在淌着。苏轼的笔下，这河流是大地文章，灵感之源；是目击道存，而不是航道。

> 天地之间，物各有主，苟非吾之所有，虽一毫而莫取。惟江上之清风，与山间之明月，耳得之而为声，目遇之而成色，

> 取之无禁，用之不竭，是造物者之无尽藏也，而吾与子之所共适。（苏轼《前赤壁赋》）

> 哀吾生之须臾，羡长江之无穷。（苏轼《前赤壁赋》）

这种伟大的世界观已经被人类"'蒙'者，有蔽于物而已"（苏轼《东坡易传》）的拜物教全面颠覆了。经历了世世代代的折磨、使用，大江的水势不再那么嚣张，水色混浊了一些，流速减慢，似乎有些疲惫。渡轮票是三元钱，渡客不多。江上修了许多大桥，有汽车的人都不坐渡轮过江了，这是无产阶级的渡轮。有人骑着摩托，腿盘在龙头上，都懒得下来，渡轮一靠岸就要冲上去，哪有"哀吾生之须臾，羡长江之无穷"的兴致。大家站在钢板和铁栅栏之间发着呆，马达震耳欲聋地轰响着，十多分钟后，到了对岸。

鄂州是一座水泥和玻璃组合起来的新城，看不出它的历史，许多地方还在大兴土木。陈列在江岸的西山依然草木葱茏。据说三国时候吴王孙权曾在这里读书，建造了避暑的行宫。"山顶即位坛、九曲亭，皆孙氏遗址"（苏轼《记樊山》）。大地就是这样吝啬，一江之隔，江北穷山恶水，一到江南，即刻草木葱茏、云蒸雾绕、鸟鸣婉转，"游者至此必息。倚怪石，荫茂木，俯视大江，仰瞻陵阜"（苏辙《武昌九曲亭记》）。现在依然，来鄂州的人都奔西山去。西山的至高点有武昌楼，我们气喘吁吁到了那里，门锁着。几个民工正在脚手架下搬运水泥袋，说是楼正在维修。问谁有钥匙，如果开门的话，可以给点费用。就有一老者走来，给了他五十元，就开门让我们进去。爬到楼顶，极目四望，高天大河，云烟苍茫，几个燕子在翻飞。地面看起来真是惊心动魄，挖出了许多大窟窿，吊塔林立，推土机像是一窝窝黄色的鼹鼠。虽然大地已经被动过，但那工程还是可以忽略不计。"方其破荆州，下江陵，顺流而东也，舳舻千里，旌旗蔽空，酾酒临江，横槊赋诗，固一世之雄也，而今安在哉？"（苏轼《前赤壁赋》）长江自西转来，依然是一派混沌初开的样子。大气滚滚，落日在云层后面若隐若现，还是那一句"浪淘尽，千古风流人物"，没什么可说的。

元丰八年（1085），神宗去世，哲宗即位，曾经与苏轼一道反对王安石新政的司马光拜相，以王安石为首的新党彻底失势。苏轼以礼部郎中被召还朝，在朝半个月后，又升为起居舍人，三个月后，升为中书舍人，不久又升为翰林学士、知制诰，知礼部贡举。

苏轼再次发表不同政见，认为王安石的"新法""不可尽改"。"法相因则事易成，事有渐则民不惊。"（苏轼《辨试馆职策问札子》）司马光要"尽废新法"，苏轼认为"民未必乐"，批评司马光"专欲变熙宁之法，不复校量利害，参用所长……所以一一缕陈者，非独以自明，诚见士大夫好同恶异，泯然成俗，深恐陛下深居法宫之中，不得尽闻天下利害之实也"（苏轼《辨试馆职策问札子》）。他不肯"惟温（司马光）是随"，"昔之君子，惟荆（王安石）是师。近之君子，惟温是随。所随不同，其为随一也。老弟与温相知至深,始终无间,然多不随耳。"(苏轼《与杨元素二首》之二)他的"不执",再次与政治的"固执""我执"发生冲突。

殿中侍御史来之邵向有司报告:

> 轼臣先朝,久以罪废。至元祐擢为中书舍人、翰林学士。轼凡所作文字,讥斥先朝,援古况今,多引衰世之事,以快忿怨之私。行吕惠卿制词,则曰:"忿建青苗,次行助役、均输之政,自因商贾;手实之祸,下及鸡豚;苟有蠹国而害民,率皆攘臂而称首。"行吕大防制诏,则曰:"民亦劳止,愿闻休息之期。"撰司马光《神道碑》,则曰:"其退如洛,如屈之陂泽。"凡此之类,播在人口者非一,当原其所犯,明正典刑。(彭百川《太平治迹统类》)

侍御史虞策报告:

> 吕惠卿等指陈苏轼所作诰词,语涉讥讪,望核实施行。(彭百川《太平治迹统类》)

刘拯报告:

> 苏轼敢以私忿行于诏诰中,厚诬丑诋;轼于先帝,不臣甚矣。(彭百川《太平治迹统类》)

朝廷在《苏轼散官惠州安置制》中,指责苏轼"诋诬圣考,乖父子之恩,害君臣之义","市井不为,搢绅所耻","可特责授宁远军节度副使,惠州安置"。

绍圣元年(1094),苏轼再次被流放,发配到惠州。流放对他是无所谓的。"盖天下之乐无穷,而以适意为悦……夫熟知得失之所在?惟其无愧于中,无责于外,而姑寓焉。此子瞻之所以有乐于是也。"(苏辙《武昌九曲亭记》)

鹅城清风,鹤岭明月……(苏轼《昙秀相别》)

荔枝正出林下,恣食亦一快也……家有婢,能造酒,极佳,全似王晋卿家碧香,但乏可与饮者尔。(苏轼《答张文潜四首》之二)

早来宿酒殊昏倦,得佳篇一洗,幸甚。昨日醉中口占,忘之矣。写一首为笑。(苏轼《与陈季常二首》之二)

撰《宝月塔铭》,使澄心堂纸,鼠须笔,李廷珪墨,皆一代之选也。(苏轼《题所书宝月塔铭》)

昨夜苦热减衣,晨起得头痛病,故不出见客,然疾亦不甚也。方令小儿研墨为君写数大字。旋得来教及纸,因尽付去。恐墓表小字中亦有题目,则额上恐不当复云墓表,故别写四大

字,以备或用也。舍弟所作词,当续写去。人还,匆匆。(苏轼《与刘壮舆六首》之二)

诗文二卷并纳上,后诗已别写在卷。后检得旧本,改定数字。(苏轼《与刘壮舆六首》之五)

儿子到此,抄得《唐书》一部,又借得《前汉》欲抄。若了此二书,便是穷儿暴富也。呵呵。(苏轼《与程全父推官六首》之五)

但是,他也怕了。

多难畏人,此诗慎勿示人也。(苏轼《录诗寄范纯父》)

见戒勿轻与人诗文,谨佩至言。如见报出都日所闻,虚实不可不知,慎勿以告人也。(苏轼《与孙志康》)

22

苏轼时代的惠州,"合江楼下,秋碧浮空,光摇几席之上,而有茅店庐屋七八间。横斜砌下"(苏轼《合江楼下戏》)。如今惠州已是 470 多万人的巨城大邑。东江从城中间穿过,江边大厦林立,使得这条江看上去就像一个水库。几条老街还在,建筑是受法国 19 世纪建筑影响的灰黄色骑楼。小巷的名字古色古香,六角巷、尔雅巷、叮咚巷、朱紫巷……小巷里有几家古董店,路旁坐着些老人。他们就在这住了一辈子,在满街都是熟人、亲戚、朋友、街坊邻居的地方养老,许多石头被日复一日的端坐、闲坐磨得非常光滑。小巷上空飘扬着各家晾的衣服,安静朴素,与世无争,充满生活的古老气息。但一切都在等着拆迁,拆迁像阴影一样笼罩着生活,使这里的一切看上去都无精打采。白鹤峰上建了许多房子,苏轼故居也在重建。遗址在一个中学里,只剩下一口井,用铁丝封住。雇来的本地民工裸着上身,正在烈日下挑土,脊背被太阳晒得油光光。这是亚热带,年平均气温 22

摄氏度,最热的时候在35摄氏度以上。恍惚间,以为是苏轼领着工人在盖房子。"新居在一峰上,父老云,古白鹤观基也。下临大江……"(苏轼《与陈伯修》)惠州老城中间有个湖,叫作西湖,这个名字是苏轼命名的,他是惠州的命名者,"一自坡公谪南海,天下不敢小惠州"(江逢辰《白鹤峰和诚斋韵》)。湖中的岛上有苏轼之妾王朝云的墓。王朝云是钱塘人,《燕石斋补》说:"朝云乃名妓,苏轼爱幸之,纳为常侍。"据毛晋所辑的《东坡笔记》记载:有一天东坡退朝,食罢,摸着自己的大肚腩慢慢走,对跟着他的侍从说:"你们说说我肚子里有什么东西?"一婢说:"都是文章。"东坡不以为然。又一人说:"满肚子都是聪明智慧。"东坡觉得也不恰当。回到家又问朝云,朝云说:"学士一肚皮不合时宜。"东坡捧腹大笑,说:"知我者,唯有朝云也。"王朝云跟了苏轼23年,在惠州病故。苏轼在墓志铭中写道:朝云"敏而好义","忠敬若一"(苏轼《朝云墓志铭》)。

在惠州,苏轼看到居民饮水困难,就教他们修建水槽,将山上的水引到城里。看到穿过惠州城的大江,江是好的,但没有桥,就教他们修建浮桥。东新桥在绍圣三年(1096)六月建成,"父老有不识,喜笑争攀跻"(苏轼《两桥诗·东新桥》)。看到守军没有军营,散居在百姓的家里面,经常扰民,就请建军营。看到农夫插秧很辛苦,脚杆泡在烂泥里沤得发白,以致发炎,就教他们制作秧马,骑在秧马上插秧,脚就不会总是泡在泥巴里了。他看到惠州流行瘴疫,就教他们防治:"治瘴止用姜葱豉三物,浓煮热呷,无不效者。"(苏轼《与王敏仲》)他看到当地缺医少药,就开辟了药圃,种植人参、枸杞、甘菊、薏苡、地黄……他看到他们不会酿酒,就教给他们。

> 故所至,常蓄善药,有求者则与之,而尤喜酿酒以饮客。或曰:"子无病而多蓄药,不饮而多酿酒,劳己以为人,何也?"予笑曰:"病者得药,吾为之体轻,饮者困于酒,吾为之酣适,盖专以自为也。"……今岭南,法不禁酒,予既得自酿,月用米一斛,得酒六斗。(苏轼《书东皋子传后》)

他俨然是一位创世者。

> 罗浮山下四时春,卢橘杨梅次第新。
> 日啖荔枝三百颗,不辞长作岭南人。
> (苏轼《惠州一绝》)

这是苏轼一首脍炙人口的诗篇。罗浮山离惠州不远,苏轼经常到山里去,看望隐居在深山中的高人隐士。

> 罗浮山有野人,相传葛稚川之隶也。邓道士守安,山中有道者也,尝于庵前见其足迹长二尺许。[苏轼《寄邓道士(并引)》]

绍圣二年(1095),苏轼读到唐朝诗人韦应物建中四年(783)写的诗《寄全椒山中道士》:

> 今朝郡斋冷，忽念山中客。
> 涧底束荆薪，归来煮白石。
> 遥持一樽酒，远慰风雨夕。
> 落叶满空山，何处寻行迹。

于是，他"以酒一壶，仍依苏州（韦应物）韵作诗寄之云"：

> 一杯罗浮春，远饷采薇客。
> 遥知独酌罢，醉卧松下石。
> 幽人不可见，清啸闻月夕。
> 聊戏庵中人，空飞本无迹。
>
> [苏轼《寄邓道士（并引）》]

两诗之间，相隔300年有余，可以看出，苏轼的松下石还是韦应物的白石，韦应物的"山中客"也还是苏轼的"采薇客"。世界依旧"美如斯"。我来的时候，罗浮山是"国家级风景名胜区"，山前是办公楼、停车场、售票处，修了水泥大道，盖了宾馆。20世纪60年代，罗浮山一度被封闭，只有少数人可以进入。近年才重新开放，以前有卫兵守卫的禁区"将军楼"也开放了，对外营业。因为一度封闭，所以山上的植被保护得很好，古木参天，幽人不可见。松下石还在，草木茂盛，溪流潺潺。山腰以上，尽是秃石。秃石之间，有小卖部，出售一种极白的豆花和矿泉水。

>白头萧散满霜风，小阁藤床寄病容。
>
>报道先生春睡美，道人轻打五更钟。
>
>（苏轼《纵笔》）

苏轼在惠州写的这首诗传到朝廷中，令迫害者非常嫉妒痛恨，他的流放生涯居然不是痛不欲生，反而是"春睡美"，不知罪，有含沙射影之嫌。绍圣四年（1097），62岁的苏轼又被流放到海南岛的儋州，儋州与大陆隔着大海。方志说：

>其地有黎母山，诸蛮环居其下。黎分生、熟，生黎居深山，性犷悍，不服王化……熟黎，性也犷横，不问亲疏，一语不合，即持刀弓相向。

在宋朝，放逐海南只是比满门抄斩罪轻一等。

>岭南天气卑湿，地气蒸溽，而海南为甚。夏秋之交，物无不腐坏者。人非金石，其何能久？（苏轼《书海南风土》）

>此间食无肉，病无药，居无室，出无友，冬无碳，夏无寒泉，然亦未易悉数，大率皆无尔。（苏轼《答程天侔书》）

>九死南荒吾不恨，兹游奇绝冠平生。（苏轼《六月二十日夜渡海》）

但是，苏轼自有解脱之道。

> 吾始至南海，环视天水无际，凄然伤之，曰："何时得出此岛耶？"已而思之，天地在积水中，九州在大瀛海中，中国在少海中，有生孰不在岛中者？覆盆于地，芥浮于水，蚁附于芥，茫然不知所济。少焉水涸，蚁即径去，见其类出涕曰："几不复与子相见！"岂知俯仰之间，有方轨八达之路乎？念此可以一笑。（苏轼《在儋耳书》）

在给儿子苏过的信中，苏轼写道：

> 乙卯冬至前二日，海蛮献蚝，剖之，得数升肉与浆，入水与酒并煮，食之甚美，未始有也。又取其大者，炙熟，正尔啖嚼，又美吾所煮者……每戒过子慎勿说与人，恐北方君子闻之，争欲为东坡所为，求谪海南，分我此美也。（《献蚝帖》）

在儋州的热带丛林里，苏轼完成了他45岁时在黄州开始的沉思录《东坡易传》，"到黄州，无所用心，辄复覃思于《易》《论语》，端居深念，若有所得，遂因先子之学，作《易传》九卷"（施宿《东坡先生年谱》）。以《易经》为路，"千载之微言，焕然可知"（苏辙《东坡先生墓志铭》），苏轼展开了他的中国文化之思。这是一部伟大的思想录。

> 古之君子，患性之难见也，故以可见者言性。夫以可见者言性，皆性之似也。君子日修其善以消其不善；不善者日消，有不可得而消者焉。小人日修其不善以消其善；善者日消，亦有不可得而消者焉。夫不可得而消者，尧舜不能加焉，桀纣不能亡焉，是岂非性也哉！（《东坡易传》）

> 首出庶物，万国咸宁。至于此，则无为而物自安矣。（《东坡易传》）

理学家朱熹攻击此书："故每为不可言、不可见之说，以先后之务，为闪倏滉漾不可捕捉之形，使读者茫然，虽欲攻之而无所措其辨。殊不知性命之理甚明，而其为说至简。"（《杂学辨》）我以为这正是此书的非同凡响之处。"说不可说之神秘"（海德格尔语），正须"闪倏滉漾不可捕捉"。

与宋代热衷于谈经论道，执着于"观念的冒险"的士大夫不同，苏轼一方面博览群书，著作等身，另一方面，他也是一个热爱动手做事的人。不毛之地儋州，苏东坡一来，就不是不毛之地了。

> 风土极善，人情不恶。（陈正敏《遁斋闲览》）

> 试问岭南应不好？却道，此心安处是吾乡。（苏轼《定风波》）

他在棕榈树林里自己盖了房子，命名为"桄榔庵"。

两颊红潮增妩媚,谁知侬是醉槟榔?

(苏轼《题姜秀郎几间》)

半醒半醉问诸黎,竹刺藤梢步步迷。

但寻牛矢觅归路,家在牛栏西复西。

(苏轼《被酒独行,遍至子云、威、徽、先觉四黎之舍三首》之一)

朝阳入北林,竹树散疏影。

短篱寻丈间,寄我无穷境。

(苏轼《新居》)

利尔锄耜,好尔邻偶。

斩艾蓬藋,南东其亩。

父兄搢梃,以抶游手。

(苏轼《和陶劝农六首》之四)

香似龙涎仍酽白,味如牛乳更全清。

莫将南海金齑脍,轻比东坡玉糁羹。

(苏轼《过子忽出新意,以山芋作玉糁羹,色香味皆奇绝。天上酥酡则不可知,人间决无此味也》)

总角黎家三四童,口吹葱叶迎送翁。

莫作天涯万里意,溪边自有舞雩风。

（苏轼《被酒独行，遍至子云、威、徽、先觉四黎之舍三首》之二）

此中枯寂，殆非人世，然居之甚安。况诸史满前，甚可与语者也。（苏轼《与郑嘉二首》之一）

己卯上元，余在儋耳。有老书生数人来过，曰："良月佳夜，先生能一出乎？"予欣然从之，步城西，入僧舍，历小巷，民夷杂揉，屠酤纷然，归舍已三鼓矣。舍中掩关熟寝，已再鼾矣。（苏轼《儋耳夜书》）

他继续写作著书，没有墨，他自己制墨。当地人不说汉语，更没有人参加科举考试，"宋苏文忠公之谪居儋耳，讲学明道，教化日兴，琼州人文之盛，实自公启之"（清·戴肇辰《重建东坡书院并修泂酌亭记》）。从儋州地方流传至今的名称也可以看出他的影响——东坡村、东坡井、东坡田、东坡路、东坡桥、东坡帽……

元符三年（1100）五月，朝云暮雨的政局再次发生变化，朝廷大赦天下。苏轼量移廉州，只好舍弃他在儋州的桄榔庵北上，途中又复任朝奉郎，但还没有回到帝都，就于建中靖国元年七月二十八日（1101年8月24日）逝世于常州。宋高宗即位后，追赠苏轼为太师，谥为"文忠"。

23

"经纶不究于生前,议论常公于身后。"(宋高宗《宋赠苏文忠公太师敕文》)近九百年后,研究苏轼成为一门学问。1980年9月12日,中国苏轼研究学会成立。如今在世界各地,都有"苏学"研究者。在黄冈,我曾访问"东坡文化研究会"。这个研究会有会员近百人,在一个简陋朴实的小会议室里,与会的几位老先生谈起苏轼,慷慨激昂,他们一再提及苏轼的"现实意义"。美国西华盛顿州立大学东亚文化研究中心主任唐凯琳教授认为:"在21世纪,苏轼的作品在西方将更加流行。"人们对苏轼依然褒贬不一,有的研究者考证他是"颛顼帝之苗裔",有的批评家批判他的"犬儒主义"。苏轼不像李白、杜甫那样有一个定论,这正是苏轼的非凡之处。苏轼有点像恩格斯揶揄过的歌德:

> 他心里经常发生天才诗人与法兰克福前参议员的谨慎的儿子或魏玛的枢密顾问官之间的斗争,前者对于环绕在他四周的

俗气抱着嫌恶的心情,后者使自己必须和它妥协,适应于它。因此,歌德有时候是非常伟大的,有时候是渺小的;他有时候是反抗的、嘲笑的、蔑视世界的天才,有时候是谨小慎微的、事事知足、胸襟狭隘的小市民。

要是歌德能把自己的小市民习气改一改,他就更伟大了,就更像奥林匹斯山上的宙斯了。(《诗歌和散文中的德国社会主义》)

苏轼在中国,早已进入奥林匹斯山,但是人们对他的认识依然非常矛盾。一方面他们崇拜他,为"明月几时有""大江东去"的深邃恢宏、雄浑高迈而折服;而另一方面,"君子远庖厨",当他们想到教堂里那些正襟危坐的圣像时,又对这位总是与一碗油红皮光的红烧肉或者挤满红男绿女的长堤联系在一起的先贤满怀狐疑。

苏轼被埋葬在河南省平顶山市郏县城西27公里处的小峨眉山,背嵩阳,面汝水。我在一个阴雨绵绵的春天前往。苏墓旁边寺庙的暖阁里供奉着三苏父子的塑像,这是元代的塑像,看上去苏轼稍胖,结实而沉稳,中间是他父亲苏洵,左边是他弟弟苏辙。这组塑像藏到今天是一个奇迹,"文革"中,有人将暖阁用泥巴封起来,外面覆盖了毛泽东的像,才保存下来。与南方故乡花园祠堂不同,苏轼的墓更像一个陵墓,通往墓冢的道路两侧排列着石马、石羊、石虎、石狗、石人,墓园的大门两侧蹲一对石雕狮子。墓冢倒朴素,就是一土包,前面的石案上有一个缺口的石香炉。清冷、萧疏，陵园内有五百多株古柏，起风时，往往传来啸傲之声，"明月夜，短松冈"（苏轼《江城子》）。

苏轼一生成就了一种诗性生命。在我看来，生命至少有这几种形式。赤裸生命、技术生命、政治生命、诗性生命。赤裸生命是阿甘本提出的，无名的黑暗生命，活着。技术生命，接近马尔库塞所谓的"单向度的人"或者海德格尔所谓的"常人"。生命成为一种生存手段，为技术奴役，技术掌握在资本手里，生命被技术控制，为技术消费。政治生命意味着以意义的是非谋生，生命是一种意识形态的稻粱谋投机活动。诗性生命是超越性的，"修辞立其诚，所以居业也"（《易经·乾》），"独与天地精神往来，而不敖倪于万物"（庄子），"不以物喜，不以己悲"（范仲淹），"腹有诗书气自华"（苏轼），"读书万卷始通神"（苏轼）。这是一种超越性的诗性生命。"物物而不物于物"（庄子），"志于道，据于德，依于仁，游于艺"（孔子）。诗性生命也就是"文质彬彬"的文化生命、文人生命。19世纪，尼采提出的"艺术形而上""生命通过艺术而自救"，可以说是这种生命的世界自觉，成为20世纪以降世界生命运动的主流。在中国，这种生命形式自庄周就已被深刻地思考，为中国文人所践行，苏轼是一个伟大的典范。熙宁七年（1074），苏轼39岁，他在密州写《醉白堂记》，阐释了这种文人生命：

> 故魏国忠献韩公，作堂于私第之池上，名之曰"醉白"。取乐天《池上》之诗，以为醉白堂之歌。意若有羡于乐天而不及者。天下之士，闻而疑之，以为公既已无愧于伊、周矣，而犹有羡于乐天，

何哉?

轼闻而笑曰:公岂独有羡于乐天而已乎?方且愿为寻常无闻之人而不可得者。天之生是人也,将使任天下之重,则寒者求衣,饥者求食,凡不获者求得。苟有以与之,将不胜其求。是以终身处乎忧患之域,而行乎利害之涂,岂其所欲哉!夫忠献公既已相三帝安天下矣,浩然将归老于家,而天下共挽而留之,莫释也。当是时,其有羡于乐天,无足怪者。然以乐天之平生而求之于公,较其所得之厚薄浅深,孰有孰无,则后世之论,有不可欺者矣。文致太平,武定乱略,谋安宗庙,而不自以为功。急贤才,轻爵禄,而士不知其恩。杀伐果敢,而六军安之。四夷八蛮想闻其风采,而天下以其身为安危。此公之所有,而乐天之所无也。乞身于强健之时,退居十有五年,日与其朋友赋诗饮酒,尽山水园池之乐。府有余帛,廪有余粟,而家有声伎之奉。此乐天之所有,而公之所无也。忠言嘉谋,效于当时,而文采表于后世。死生穷达,不易其操,而道德高于古人。此公与乐天之所同也。公既不以其所有自多,亦不以其所无自少,将推其同者而自托焉。

方其寓形于一醉也,齐得丧,忘祸福,混贵贱,等贤愚,同乎万物,而与造物者游,非独自比于乐天而已。古之君子,其处己也厚,其取名也廉,是以实浮于名,而世诵其美不厌。以孔子之圣,而自比于老、彭,自同于丘明,自以为不如颜渊。后之君子,实则不至,而皆有侈心焉。臧武仲自以为圣,白圭自以为禹,司马长卿自以为相如,扬雄自以为孟轲,崔浩自以为子房，然世终莫之许也。由此观之，忠献公之贤于人也远矣。

昔公尝告其子忠彦，将求文于轼以为记而未果。既葬，忠彦以告，轼以为义不得辞也，乃泣而书之。

黄州行

炎热的中午　赵老师　教语文的　穿一身白　短裤
凉鞋　在黄州　羽衣蹁跹　步履庄严　仿佛正穿过
大雄宝殿　要带我去临皋之下

1080年　尊者住在这里 "二月至黄　舍馆粗定
衣食稍给　闭门却扫　收召魂魄　物我相忘　身心皆空
无所附丽　私窃乐之" 在那栋陷阱般的连锁酒店里
住了四年　遗址上有台电脑　文字帝国搬运金字塔的
小奴隶　表情乖顺　安国寺改成了大堂　电梯很累

毛笔的黄金时代 "智者创物　能者述焉　非一人而
成也" 无数文章　写了江　写了赤壁　写了明月夜
短松冈　写了蜗角虚名　蝇头微利　写过好猪肉
写到苇花萧瑟　杜宇一声春晓　小舟从此逝　风景
依然 "善书乃其天性" 穿过1000年的沙
东坡的繁体字　至今在时间中为汉语加持 "转
　朱阁　低绮户　照无眠"

读书人背诵他　父亲崇拜他　试卷以他为语文答案
"左牵黄"青年模仿他　带酒冲山雨　和衣睡晚晴
女子们再次投生　桃花弄春脸　想象着自己是"王朝云"
棠岗路那位卖葵瓜子的老板娘不知道他　永不熄灭的
炉子上炖着一锅红烧肉　儿子们的晚餐就要烂熟　他是
羿呵　于流放中射下九个太阳　留下一个最仁慈的　最
黑暗的　困惑的青年时代　我背诵并揣摩那些水调歌头
的出处　是怎样的娟娟缺月西南落　怎样的语音犹自
带吴侬　怎样的独携纤手上高楼　怎样的携壶上翠微
怎样的鳜鱼肥　怎样的空庖煮寒菜　怎样的破灶
怎样的空腹有诗衣有结　湿薪如桂米如珠　怎样的
皇帝和同党　怎样的黑云翻墨　怎样的信笔书此纸
怎样的去国万里　然与砚俱　怎样的聊随物外游　有书
仍懒著　憧憬着那些黄金之夜　我想跟着他失眠
倚杖听江声

背着旅行袋　水　雨伞　身份证　笔记本和照相机
两个橘子以及防蚊虫叮咬的软膏
就像那些走在耶路撒冷的　香客

穿过大楼　小巷　公厕　印刷厂　警察局　银行的自动
取款机　失去了窨井盖的洞穴　断壁残垣　所有的废墟
都像古希腊　一棵被凌迟的海棠树　还没死　如果梨花

已灭　呵呵　政变算什么鸟事？

一家馆子的下水道旁堆着脏碗　旁边是咸肉作坊和发廊
许多词都拆迁了　教员考证过　这就是雪堂　子瞻
不是记了吗 "得废圃于东坡之胁　筑而垣之
以大雪中为之　因绘雪于四壁之间"　世俗的时代
得学会梦游　随手牵出一匹韩干的细马骑着 "且趁
闲身未老　须放我　些子疏狂"

书生又指着操场　这就是定惠院了 "缺月挂疏桐
漏断人初静"　一个旧足球滚到脚下　起脚踢开　孩子们
尖叫着跟过去　尊酒何人怀李白　又钻进一栋职工宿舍
说是栖霞楼 "为郡中胜绝　中流回望　楼中歌乐杂作
舟中人言　公显方会客也"　老赵老大　风流未减　视通
万里　思接千载　昂首吟出那首伟大的浪淘沙　被电线
绊了一下　耳背的保安跟上来　干什么？ "苏同志？
他搬家了"　下一个景点　承天寺　导游指着一排汽车
正在等出发信号　急不可耐又害怕裁判的拳击手　冒充
御者 "错认门前过马"　粉丝不顾　摇头就背 "庭下
如积水空明　水中藻荇交横　盖竹柏影也　何夜无月　何处
无竹柏　但少闲人如吾两人者耳"　直到交通警察命令
精神分裂者走开　所幸《有美堂暴雨》还揣着　要不然
这焦煳的水泥路　如何消磨？

2014年的秋日　八月既望　天空苍茫　稀释着远古颜色
风在大地上收着尸　我来黄州三日　朝拜了苏　出租车司机
多嘴　"此地最有名的是学校　高考600分以上375人"
"道士顾笑　予亦惊寤　开户视之　不见其处　但空江
月明千里"　宋代的宇宙论　依然有指

起草于2016，2018年10月20日改定

有一个撒种的出去撒种；撒的时候，有落在路旁的，飞鸟来吃尽了。有落在土浅石头地上的。土既不深，发苗最快；日头出来一晒，因为没有根，就枯干了。有落在荆棘里的。荆棘长起来，把它挤住了。又有落在好土里的，就结实，有一百倍的，有六十倍的，有三十倍的。(《马太福音》第十三章)

暮色苍茫，天空依旧寥廓，将暮色再次送回世界。看不见乌鸦，不知道它们现在何处。此刻，飞越世界天空的只有一架架飞机。千年之后，人们已经很难在空间中发现苏轼这个人曾经存在过的痕迹，甚至，他歌咏过的大地都面目全非了。但是，并不影响人们继续阅读苏轼，翻开新版的《古文观止》，立即可以看见苏轼那些近千年前写下的文字："壬戌之秋，七月既望，苏子与客泛舟游于赤壁之下……"(苏轼《前赤壁赋》)令人激动，忍不住要去投靠这叶扁舟，"小舟从此逝，江海寄余生"(苏轼《临江仙》)。人们已经厌倦这个世界反生活的"天变不足畏，祖宗不足法"(《宋史·王安石传》)的"观念冒险"，"固一世之雄"

（苏轼《前赤壁赋》）的功利主义，"哪管身后洪水滔天"的拜物教；人们已经厌倦了那种不美的进步……人们渴望生活，"羡长江之无穷"（苏轼《前赤壁赋》），渴望生活世界的"可持续"，渴望"甚美"。苏轼文章中的世界是无法重返的，就"止于至善"这一大道来说，文明的趋势也不可能回到过去。但是，苏轼文章所暗示的世界观——尽善，也要甚美；"充满劳绩，但还诗意地栖居在大地上"。在我们时代，依然深得人心。"恐天下沿其末流而不知反其宗……恐天下相追于无穷而不已"（苏轼《东坡易传》）。借着这些不朽的文字，我们仿佛还可以遇见苏轼本人，我们依然可以再次觉悟何谓生活；再次思考我们是谁，来自何处，要到哪里去。

2015年1月7日星期三初稿于昆明紫庐

2015年9月、11月再改

2016年2月26日星期五再改

2020年5月再改

在苏轼故乡眉山所见

眉山下着雨，秋天在雨的后面。晴下来的话，大地就要泛黄了。田野上已经出来些淡淡的土黄，在玉米地里，稻田里，草丛的边缘。瓦色也在转青。苏轼这个名字在这里知道的人不多，"苏东坡"倒是家喻户晓。但是要问"苏东坡家在哪里"还是得去问专家。都过去了千年，还问"苏东坡家在哪里"这种寻常之问，有点过于天真。

宋是以美为生命最高境界的时代。美并不是观念、概念、书本上的答案、意识形态……而是生活。生活，必须要有活者在，才能够生。《易经》曰，生生之谓易。易，有的时代只是活着就可以了，宋却要求"甚美"。生活就是艺术，在宋已经成为最高价值设定。"宣祖率兵夜半至城下，传呼开门，太祖曰：'父子固亲，启闭，王事也。'诘旦，乃得入。"(《宋史·太祖本纪》)甚美！

希腊人为生活而智慧，宋人为生活而艺术。两条不同的路线，但是殊途同归，都是热爱生活，人生要"尽美矣，又尽善也"（《论语》），一切宗教、文化、政治、哲学、科学、技术……只有一个目的：生活，生活，生活。"活泼泼地"（王阳明语）。美领导着生活。美是古老的，美是一位祖母，美不是未来主义而是温故知新，只有古老的事物能够告诉我们什么是美，美是时间的结果。所以，曹雪芹要写过去的梦，"篱畔秋酣一觉清，和云伴月不分明。登仙非慕庄生蝶，忆旧还寻陶令盟。睡去依依随雁断，惊回故故恼蛩鸣。醒时幽怨同谁诉，衰草寒烟无限情"（曹雪芹《菊梦》）。普鲁斯特要"追忆似水年华"。

"甚美"，是苏轼一生的追求，即使在流放中，苏轼也不忘"甚美"。"白头萧散满霜风，小阁藤床寄病容。报道先生春睡美，道人轻打五更钟。"（《纵笔》）在苏轼给张文潜的那封伟大的信中，甚美，是苏轼的"最高价值"（尼采的概念）。

其文如其为人，故汪洋澹泊，有一唱三叹之声，而其秀杰之气，终不可没……文字之衰，未有如今日者也。其源实出于王氏。王氏之文，未必不善也，而患在于好使人同己。自孔子不能使人同，颜渊之仁，子路之勇，不能以相移。而王氏欲以其学同天下！地之美者，同于生物，不同于所生。惟荒瘠斥卤之地，弥望皆黄茅白苇，此则王氏之同也。近见章子厚言，先帝晚年甚患文字之陋，欲稍变取士法，特未暇耳。议者欲稍复诗赋，立《春秋》学官，甚美。仆老矣，使后生犹得见古人之大全者，正赖黄鲁直、秦少游、晁无咎、陈履常与君等数人耳。如闻君作太学博士，愿益勉之。"德輶如毛，民鲜克举之。我仪图之，爱莫助之。"(《答张文潜县丞书》)

20世纪是个不美的时代，活着的有用超过了美的无用。一个反生活、不美、维新是从、"同己"的世纪。旧世界创造的美，画栋雕梁、堂前燕子，在凋敝、没落中等着拆迁、搬家。现代化实用便捷，也公道，但是不美。反传统必然取消美，美来自传统，这一点未来主义者们始料未及。在苏轼家乡，人们似乎对美已经丧失了兴趣，日子过得下去就好，但是美已经成为生活习惯、风俗。如果你要生活，你就无法不美，美现在成了被动的、附庸的、敷衍了事的，不再是积极的、当然的、郑重其事的。但依然是生活就是艺术，令杜尚们望尘莫及。在汉阳镇，一只猫成年累月地睡在它家老太太手编的簸箕中间，因此它创造了一个新词，猫床。一位理发师的工具像丝瓜一样挂在被炊烟熏得漆黑的楸木墙壁上，旁边一尊同样漆黑的、晚清匿名匠人塑的泥巴财神，胸前安着一片用来照妖的、已经模糊不清的小圆镜，似乎来自劳森伯格的想法。河岸那些沿着果园或者茄子地蜿蜒曲折蛇行着的旧篱笆，仿佛是大地艺术家克里斯托所为……真是美极！人们想到的只是实用，做出来的却无不美。美在中国地面上无所不在，不美的生活是不值得过的。只要生活，那就是美的。美，人们日用而不知，这是宋的伟大贡献。

苏东坡的身体早已灰飞烟灭，但是他故乡的天空还是那个天空，星象还是那个星象，北斗还是北斗，天罡还是天罡，虽然有些朦胧。风还是那些风，云还是那样的云，大地还是那方大地，虽然表面有点支离破碎。河流还是那种水，虽然已经改道。人们还是要摘竹子，种桃子，吃大米，吃东坡肉。夏天还是夏天，闷热多雨；冬天还是冬天，少雨干燥。天地有大美而不言，依然不言。大块假我以文章，依然能够文章，虽然格局远不如宋。

也还是那种伟大的朴素，在眉山的村庄小镇上，连清朝那种巴洛克式的奢华、繁琐都看不见，虚荣仿佛对此地毫无影响，依然是宋代就崇尚着的朴素世界，道法自然，诚实，耐用。

走在他的家乡，如果读过他的诗的话，如果足够敏感，就会像是走在普鲁斯特式的小说里，许多意识流会被唤醒，你会像斯万那样在某个角落的一瞬间就闻见宋的气息。一阵花香，一块云，一位农夫，一条小路，一棵树，一阵风，一个渡口，一轮明月，一座松冈，一块被风雨洗涮得发白的门板……都会闪出苏轼的某行诗句。苏轼活在时间中，也活在空间中。宋只是隐身而已,宋是生活,生活是不朽的。

我在汉阳镇遇到了这首诗:"今夜巫山真个好,花未落,酒新笃。美人微笑转星眸。"(苏轼《江城子·墨云拖雨过西楼》)甚美!

眉山三苏祠内现代人想象的苏轼，他已经成为中国诸神之一。

小舟从此逝,江海寄余生。

眉山的一位草医。
《东坡志林》卷一《赠张鹗》：
张君持此纸求仆书，且欲发药。不知药，君当以何品？吾闻《战国策》中有一方，吾服之有效，故以奉传。其药四味而已：一曰无事以当贵，二曰早寝以当富，三曰安步以当车，四曰晚食以当肉。夫已饥而食，蔬食有过于八珍，而既饱之余，虽刍豢满前，惟恐其不持去也。若此可谓善处穷者矣，然而于道则未也。安步自佚，晚食为美，安以当车与肉为哉？车与肉犹存于胸中，是以有此言也。

理发师傅。眉山汉阳镇。

茶馆。眉山汉阳镇。

裁缝店。眉山汉阳镇。

安全来自长期警惕
事故源于瞬间麻痹

小镇雨天。眉山汉阳镇。

可使食无肉,不可居无竹。
无肉令人瘦,无竹令人俗。
人瘦尚可肥,士俗不可医。
旁人笑此言,似高还似痴。
若对此君仍大嚼,世间那有扬州鹤。
(苏轼《於潜僧绿筠轩》)

眉山苏轼墓园的看守人。他说,我是苏轼的第一粉丝。

解箨新篁不自持，婵娟已有岁寒姿。
要看凛凛霜前意，须待秋风粉落时。
（苏轼《和文与可洋川园池三十首·霜筠亭》）

苏轼故乡之老宅。眉山汉阳镇。

观音。眉山汉阳镇。

土地公公和土地娘娘。眉山汉阳镇。

烟叶。眉山汉阳镇。

篾器。眉山汉阳镇。

五金店。眉山汉阳镇。

铁匠。眉山汉阳镇。

单车修理坊。眉山汉阳镇。

老朋友，从小玩到老。

理发工具。眉山汉阳镇。

理发店。眉山汉阳镇。

小吃摊。眉山汉阳镇。

包子熟了。眉山汉阳镇。

这种箴帽宋代就有。

现代交通工具在这位农夫看来,和一匹毛驴差不多。

左边墙上的明星是古天乐,来自香港。

眉山汉阳镇。

叼着烟斗散步。

从村子里来到了镇上。

几把竹椅。

吊在梁上的玉米。

三月七日，沙湖道中遇雨，雨具先去，同行皆狼狈，余独不觉。已而遂晴，故作此词。

莫听穿林打叶声，何妨吟啸且徐行。竹杖芒鞋轻胜马，谁怕？一蓑烟雨任平生。
料峭春风吹酒醒，微冷，山头斜照却相迎。回首向来萧瑟处，归去，也无风雨也无晴。
（苏轼《定风波》）

乡野。眉山汉阳镇。

在苏轼的故乡。

这首诗仿佛是刚刚写的，苏轼才搁笔离去。

熙宁十年秋，河决澶渊，注钜野，入淮泗。自澶、魏以北皆绝流，而济、楚大被其害，彭门城下水二丈八尺，七十余日不退，吏民疲于守御。十月十三日，澶州大风终日，既止，而河流一枝已复故道，闻之喜甚，庶几可塞乎。乃作《河复》诗，歌之道路，以致民愿而迎神休，盖守土者之志也。

君不见西汉元光元封间,河决瓠子二十年。
钜野东倾淮泗满,楚人恣食黄河鳝。
万里沙回封禅罢,初遣越巫沉白马。
河公未许人力穷,薪刍万计随流下。
吾君仁圣如帝尧,百神受职河神骄。

帝遣风师下约束,北流夜起澶州桥。
东风吹冻收微渌,神功不用淇园竹。
楚人种麦满河淤,仰看浮槎栖古木。
[苏轼《河复(并叙)》]

在巩义访宋陵

偶然在微信上看到一幅久远年代摄于宋陵的旧照片，上面有一头石狮子。画面模糊，但依然令人震撼。那是一头狰狞的怀着黑暗之心的石灰岩雄狮，有着尼罗河畔那种狮身人面的力量。埃及出现于公元前3100年，尼罗河畔的那些巨石垒成的狮身人面、金字塔还在着，埃及在空间中没有散去。语言创造了世界3，金字塔是一种已经加入到"天地无德"中去的世界3。

《世说新语》有个故事："过江诸人，每至美日，辄相邀新亭，藉卉饮宴。周侯中坐而叹曰：'风景不殊，正自有山河之异！'皆相视流泪。唯王丞相愀然变色曰：'当共戮力王室，克复神州，何至作楚囚相对？'"宋已经过去千年，克复宋朝是不可能的了。

德国诗人斯蒂芬·格奥尔格说："语词破碎处，无物可存在。""樯橹灰飞烟灭"（苏轼），而宋没有破碎，依然存在于宋词中。"二十四桥仍在，波心荡，冷月无声。念桥边红药，年年知为谁生。"(姜夔)这种叫作宋词的语言如今更像是某种忧郁的魅影、废墟。先贤陈寅恪断言:"华夏民族之文化,历数千载之演进,而造极于赵宋之世。"他根据什么?时间无情,热衷于进步的时代也不珍惜世界3的细节,宋正在向着抽象观念的空洞隐去。这张照片令我动心,登峰造极的细节,还看得见凿痕。

尼罗河在着。创造了宋的世界3的那块地面也还在着。黄河依旧东去,落日还是圆的。我一直以为宋只存在于图书馆,没想到还有实物。颜之推说,"世人多蔽,贵耳贱目,重遥轻近"。我决定去看看。

宋的地面如今叫作河南。一出郑州,就看到了平原、河、麦子、盐巴、羊子、侧柏……"青青河畔草,郁郁园中柳。盈盈楼上女,皎皎当窗牖。"(《古诗十九首》其二)即使这些产生于河南地区的诗章如今已经改为简体字印刷,诗中的情景依然如故,令人安心,此刻"盈盈楼上女"没有在楼上,正蹲在一座桥上用一把簸箕簸油菜花籽。她当仁不让地占据了桥面的一片,路过的乡村汽车都慢下来,致敬似的缓行,人们依旧尊重劳动。

河南可去,江南不可去。最近乘坐高铁穿过杭嘉湖平原,发现我四十年前见过的"春风又绿江南岸"已不见了,那里已经成为工业与农耕混杂的支离郊区,忧郁的、自卑的,渴望着搬走。

在黄昏抵达巩义。穿过灰尘滚滚的道路,乡镇企业塞满轮胎的小仓库,激动不安的加油站,野心勃勃、欣欣向荣的小镇,无人问津的农家乐……回到藏在它们后面正在撤退的土地上。土已经挡不住现代主义的进攻了。"土"这个词在我们时代是贬义的，而许慎则言："土，地之吐生物者也。"

"四顾何茫茫，东风摇百草。"（《古诗十九首》其十一）夏天正在凉下来，汽车离开柏油路转入土路，在微茫的麦地间行驶，落日西沉，麦穗饱满低垂，"古墓犁为田，松柏摧为薪"（《古诗十九首》其十四），下一场麦收正在酝酿中。有个骑摩托的农夫听说我们要去找墓地，斯芬克斯般地指了指西面的麦地，"这些自讨不吉利的傻子呵！"然后放出一股汽油臭，疾驰而去。仕女腮帮似的天空中有几丝纤云，村庄在田野背后，背后，又一个建筑集团的吊车正在崛起。宋无影无踪。这不是尼罗河畔人潮滚滚的朝圣之路，寂寞、荒凉、遥远、萎缩、怀疑。一个光着背的健壮男子站在最后麦地里整理着什么，他不是麦田守望者。麦地肥厚，辽阔，沉着，肃穆，古奥。不时会遇到几个星子般的农人，重复着古老的动作，扬着锄头松地或弯腰刈草，令人安心。

小道上覆盖着干土，淹没了鞋帮。走着走着，忽然间，某块穗子沉郁的地面，一个巨石阵从天而降。灰色的陨石。一群远古的武士、文官、雄狮、大象、马匹、怪兽……或立，或蹲，或踞，排列在大地中央。怀疑停止了，呆住不动，哑掉。圆满、厚重、肥壮、实在、威严、从容、朴素、幽暗、苍凉……怀着信任、职守、自重和暗喜。法度森严。那种气象、质地的出场构成了一种苍老的伟大。仿佛一场仪式刚刚结束，一幕悲剧凝固在天地之间，一案献给美的牺牲；犹如来到尼罗河畔，没有狮身人面那么庞大，但精神气质强烈庄重，恐怖而又安稳。这是强大的精神产生的黑暗恐怖而不是物的恐怖。那头在田野上低头狞笑着的狮子，离开了它本来的位置，不再守陵。仿佛刚刚从黑暗的统治里走出来，为大地的光明、满载与坦然而窃喜着。

我不敢走到这石头身边去，它不是对狮子的模仿，而是对狮子的超越，是暗藏在狮子中的那种威慑的形而上之力的出场。落日在巨石阵背后投过来一束束宽厚的阴影。它们从前守护着帝国死去的领袖，现在臣服着大地。守护比开始的时候更加沉重，也更加自信。时代、制度的宰制消散了，石头中的时间、伟制、力量、质地变身一头狮子敞开，出场。这巨石的核心是一头似狮非狮的雄狮。还有那位文官，天真、朴素，柳叶眼垂向土地。那位高山般的武士，稳若铁山，蓄势待发，不是要动武，而是在固守其土。一切都在守护，它们守的不仅是远处那个已经变成小山丘的永泰陵，也是大地。

落日的光辉令这些巨石逐渐内敛。一家子蹲在一位石头武士的脚下种着什么，要赶在天黑之前种完。宋代就有的动作。

黑暗降临，石头们比大地更黑。灰路上走过来一位穿裙子的美丽女子，带着她的小孩，小孩站在一台电动脚踏车上，轮子发出一串诡异的绿光，小女孩熟练地掌握着小方向盘，朝着村子那边飞过去，扬起一股细灰。妈妈在后面追着她，无风的暮晚，她的裙子没有飘动。

这是永泰陵，宋哲宗赵煦的陵墓。公元1100年2月，哲宗患病，"不数日死去"。农历二月初十，造陵工程队抵达工地，为"七月而葬"。4600个工匠、9744个士兵、500个民工参与这项工程，用了27600块石头。石头来自三十公里外的偃师粟子山，那里的石头"岩棱温润，罕与为比"。炎热的盛夏，有些工匠死在工地上，"居山土人皆云，至久积阴晦，常闻山中有若声役事之歌者，意其不幸横夭者，沉鬼未得解脱，逍遥而然乎"。美是悲剧。人类创造的世界3总是有无数生命祭奠。玛雅、埃及、长城、吴哥莫不如此。那些匿名的死者含冤？自觉的献身？不得而知。水落石出，天人合一，他们的作品没有悲伤。俊秀儒雅的文官，肥壮坚定的武士，朴实忠厚的大象，仰天高唱的犀牛；得天独厚，漫步在精神之野的雄狮……世界意志自黑暗的石头中喷薄而出。存在者的意志。仿佛并非人为，它们本来就待在这里。大地本来就是博物馆。

埃及的石头敞开了石头的黑暗。金字塔，冷漠、强悍、狰狞、孤傲、形而上之数的具象。宋的石头敞开了在世的光明。母性的刚毅、圆劲、庇护感。那些石头文官尽职尽责，知恩图报的公务员。文明是对虚无的抵抗。那头大象驮着土地。那匹马将奔跑转化为一种定力……毋庸讳言，黑暗也是光明。黑暗是温暖的，它不只是一个负面的力量。光是好的，暗也是好的，这构成了阴阳互补，有无相生，知白守黑。那头狮子不是绝对的狮子，在狮与非狮之间，在狰狞与温润、强悍与柔和之间。文照亮黑暗，有无相生。文明通过文将虚无物化，人创造的永恒超越了虚无，时间成为有限的，这就是时间的限度，到宋为止。因此一千年后，我还可以站在宋的空间中，石匠们只是扔下锤子回家吃饭去了，跟着那些种地的农人。我终于有胆量摸了摸这头狮子，它的斯芬克斯式的脸。它的胯部有些夏天暴雨留下的黄色水渍，已经浸透了骨头。这头狮子不是模仿狮子身体的残忍、无德、霸道。"三年春,从征淮南,首败万众于涡口,斩兵马都监何延锡等。南唐节度皇甫晖、姚凤众号十五万,塞清流关,击走之。追至城下,晖曰:'人各为其主,愿成列以决胜负。'太祖笑而许之。晖整阵出,太祖拥马项直入,手刃晖中脑,并姚凤禽之……太祖下令曰:'扬州兵敢有过六合者,断其足!'"(《宋史·太祖本纪》)不是那头遥远的狮子。这头狮子令意志出场,我们看见那时代的人如何理解时间、制度、生活。宇宙间那种不可思议的力量已经转移到它身上,它留住了宋这种东西。

大地蕴藉着某种精神性,它被"太初有道"遮蔽在黑暗里,时代要有敞开这种黑暗的力量的语言(文章、艺术、手艺)才能去蔽。"志于道,据于德,依于仁,游于艺。"(孔子)道、德、仁,都是先验的,被物遮蔽在物中,时代要有自己的语言敞开它,它才会成为时代的精神力量。许多时代,艺为时代裹挟,成为时代的宣传技术,成为物的附庸,因此最终在时间中销声匿迹。宋是中国文明的一个伟大典范,这是一头石狮子,超越了宋,又持存着宋。"造极于赵宋之世"绝非虚言,有石狮子为证。

匿名的石匠,只有作品,没有作者,作者就是宋。无私的匿名,不是要自我表现,遑能,"比你较为神圣"。他的创造呈现的是天地、时间、文明的精神气质,材料内蕴的力道。他是个亦步亦趋、保守、重复着的家伙。这种狮子是从唐或更远的时间走过来的,他不是先锋派,不是革命者,他守护着一种古老的制式。宋太祖、宋宣祖,皇陵早已灰飞烟灭,只有匿名工匠的伟大作品留在大地上。对于大地上的人来说，它们就是一座座神庙。永恒被艺术物化了！唐追求意义，进取、豪迈、健朗、浪漫。宋是一种保守主义，从容、内敛、雍容、敦厚、道法自然，"合于天造，厌于人意"，"短长肥瘠各有态，玉环飞燕谁敢憎"（苏轼）。宋厌倦志在必得，拒绝释义，大块假我以文章，敞开材料，物以载文，意义任时间评论。苏轼在总结他自己的时代时说，"宋兴七十余年，民不知兵。富而教之，至天圣、景祐极矣"。赵煦与苏轼是同时代人，永泰陵反映着那时代的审美风尚。"简而有法。"（欧阳修）"心存乎雅正，由是至于和。""温而正，峭而容，淡而味，贞而润，美而不淫，刺而不怒，非君子乎，反于是，皆小人尔。"（赵湘）

黑暗降临，一切都看不清了，苍茫里凸着两排更浓重的苍茫。自卑的时代看不见宋。如果大地上曾经有过这样的石头，那么这地面就是值得依靠的。

二〇一九年六月二十一日星期五，昆明

汽车开不到这个武士面前，穿过田野走过去，正是黄昏，武士的脚下种着蔬菜，一家人正蹲在地里忙着。问种的是什么，有人用方言说了一个名字，写不出来。农人可以听懂普通话，但是用方言回答，大部分听不懂。

这尊武士雕塑突出了他的威武猛烈，但是安静和平，宠辱不惊。看得出这位武士的衣冠很雅致，即便是军装、斧头，也是绣文雕章。我估计这是当时世界上最美的军用装备，裁缝费了许多时间来缝制。《宋史·舆服志》记载:"俾闾阎之卑,不得与尊者同荣;倡优之贱,不得与贵者并丽。"

一位捧着花朵闭目微笑的文官，好像在赞美死亡。

大象和象夫，大象的头颅上有饰带，这必是一头彩色的大象，像是新娘。

站在夏天麦田里的一位文官,捧着一叠奏章?下野,回到大地上。

这个雕塑貌似苏轼。

两位文官，站在中间的是马。与孔子"不问马"不同。这是被当地人移动的结果，也许在当地人看来，这些巨大的石头都是神灵的代表，可以保佑他们五谷丰登。这种排列方式没有尊卑，与英格兰荒野上的巨石阵类似，都是巨石。

四位文官。

在夕阳下的田野忽然看到这阵式，感动，震撼，沉默。中国之文化造极于赵宋。

有一次看到一幅照片，日军已经入城，戏院里没有一个观众，但是舞台上的演员依然在照常唱戏。好事者解释说，这些演员是不抵抗的亡国奴。我不这么看，这里面有一种强烈的宗教感。石匠在创造这些伟大雕塑之际，已经意识到那种比他们生命更久远的东西。道法自然，就是道法那种叫作无、地久天长者，但是以时代中的形式。"浪淘尽，千古风流人物"，浪就是时间，但是无法淘尽文明，总有最美好、坚固、持久者留下来。它们是伟大的演员，永不退场的演员，演出着宋代精神，如果这种精神够伟大的话。如果它们消失了，只能说那时代的精神还不够强大。我们时代的雕塑绝对要消失，我确信。陈寅恪说："华夏民族之文化，历数千载之演进，而造极于赵宋之世。后渐衰微，终必复振。"我相信这个预言。

乡间小道上的武士。当地人不在乎它曾经是谁,只知道它是一位卫士,守卫着土地。

农人衣冠已去宋,当年看守未失职。

一位武士。两只飞扬的耳朵,正在闭目聆听。如此伟大的雕塑不见于世界艺术史。你穿越河南省忙忙碌碌的尘埃,来到田野上,它们安静寂寞。

象夫,庄重,敦厚之辈。这些敞开在大地上的石头具有精神性,庄重、敦厚这种形而上的感受被表现出来。与西方雕塑比较,西方雕塑更具几何性,重在结构、比例、黄金分割,这种理念弱化了精神性。海德格尔试图为之辩解,比如希腊神庙,乃是大地精神的涌出,敞开。是的,但是设计得过于理性,对精神的原始力量有所遮蔽。宋代这些雕塑则很自然,亲切,并不是没有数在其中。古代中国也讲数,但不是希腊那种尺度,而是中庸,心中有数之数。它要数(动词)的是大地质料性的浑厚。这种浑厚庇护着人。大地的浑厚、圆满、雍容、博纳、庄重、敦厚、文质彬彬……被去蔽,召唤。

文官，我们时代已经失去这种谦虚之态。

文官。

武官。那顶帽子和插向大地的剑意味深长。

石头的内在精神被敞开的这一面，敦厚、庄重、常态。在我们时代，艺术家喜欢野怪黑乱者，它们也属于石头黑暗的部分。

在宋代，就是文官也会"老夫聊发少年狂，左牵黄，右擎苍，锦帽貂裘，千骑卷平冈"（苏轼《江城子》）。

青绫衲衫暖衬甲,红线勒帛光绕胁。
秃襟小袖雕鹘盘,大刀长剑龙蛇柙。
(苏轼《观杭州钤辖欧育刀剑战袍》)

宋代"崇文抑武"的政策并不意味着失去动手的能力,弱不禁风。而是手更丰富活泼了,不限于物,手主要用于生活世界。所以出现了《清明上河图》那样的天堂般的生活世界。

对峙。

岿然不动。

这些雕塑暗示着一种巨大的信心，文明复活的时代必然到来。

何谓伟大!

中国的正午，河南省的一块麦地上。

守望着什么？乡愁？

神兔？不再奔跑。朝着过去，藐视将来。它已经永远抵达。

狮子或陶罐

一头狮子被工匠带出丛林　　　　　　它比它的家族更强大　吃掉一切
它的真身已死　师傅的骨头　　　　　包括那位鬃毛招展的百兽之王
也埋在泥巴中　它独自穿越时间　　　那害怕　那残忍　那恐怖　那狩猎时
不是由于血统　而是那手艺之美　　　逼向河马的威风　它不再为宇宙困扰
那材料之坚　可以放归荒野而不灭　　统治　蹂躏　指使　安静如云南华宁县

的一个陶罐　搁在大觉寺的一角
里面没有盛水　黑暗里有一层
月光般细灰

枕戈待旦,等着复活。

云的两种形式。

脖颈处。

马面鹰足之神。

大神的真面目。

狮子中的狮子。

论画以形似，见与儿童邻。（苏轼《书鄢陵王主簿所画折枝二首》其一）

吉祥之兽。

沉思之马。宋是一个思的时代、总结的时代、顿悟的时代。思这个字，在朱熹的著作里频繁出现。"思诚为修身之本，而明善又为思诚之本。""泛观博取，不若熟读而精思。""循序而渐进，熟读而精思。""大抵观书先须熟读，使其言皆若出于吾之口；继以精思，使其意皆若出于吾之心，然后可以有得尔。""人之进学在于思，思则能知是与非。""今人作文，皆不足为文。大抵专务节字，更易新好生面辞语。至说义理处，又不肯分晓。观前辈欧、苏诸公作文，何尝如此？……若其义理精奥处，人所未晓，自是其所见未到耳。学者须玩味深思，久之自可见。""一粥一饭，当思来处不易。"朱熹对思的强调，可谓前所未有。

朝着夕光的马。

笑狮子。

吉祥之象。

安心之马。

想起格利高里·派克和奥黛丽·赫本联袂主演的电影《罗马假日》里的一个镜头，广场有头石狮子张着嘴，赫本伸手进去，又吓得缩回来。那头狮子过于逼真。这头伏卧在大地上，它的嘴只是它的嘴，造物主之赐，不是武器。

瀑布般流下的狮子。

雄狮

脑袋里装着整个宇宙
它知道哪儿可以去　哪儿不能
哪里是城市　人类　哪里是图书馆
它知道哪儿要奔跑　哪儿要悠游
它知道在哪儿跳舞　在哪儿长眠
它知道孤独　欢乐　失败与荣耀
它知道哪儿是草地　河流　沼泽　长颈鹿
它知道　君临一切　运筹帷幄
匍匐在荒野上　苍茫万物中的
一小个点　一粒沙子　一片树叶
一个穿着迷彩服的士兵　一个土著人
烧制的幽暗水箱　空着　在时间中
等着食物

灵兽。

犀牛。

石狮子

那头金毛狮子因进入石头而
成为灰色　在暮色里
站在陶和瓷之间　失去了草原
黑夜　羚羊　失去了牙齿　舌头
爪子和语言　最昂贵的语言
（只有一个单词）其意不明
无人能够解释　一切都失去了
威望　恐惧　依然令人生畏
更令人生畏　我不敢走近由它
把守的那些大门　也无法赶走它
你不能朝一头石头狮子开枪
它不会皮开肉绽　更不会流血

宋陵石狮

这头狮子强壮狰狞而又温柔
停在夏天的麦地　分娩光明的妇人
守护着平原和丘陵
那不是种族遗传的逗留之地
它的思想更遥远　属于麦穗　星空
商崇拜它　唐崇拜它　宋崇拜它
诗人　祭司　英雄和鲜花崇拜它
陵墓必须永存　君临虚无

要有王者之重　石匠接它来此
跟着光荣的死者　因此发现自己的另一秉性
前所未有　一头狮子站在洛阳的田野间
威仪赫赫　纯洁无瑕　脚下没有脚印
一个意志傲视着短小的时间　为大理石
所委派　那石头就在它的下面　黑暗　稳当
承诺着一切　它低头对大地的耳朵说
我是你的神庙

神派来中国的羊。

苏轼有一首诗写到狮子:"圆其目,仰其鼻,奋髯吐舌威见齿。舞其足,前其耳,左顾右盼喜见尾。虽猛而和盖其戏,嵩嵩高堂护燕几。啼呼颠沛走百鬼,呜呼妙哉我陆子。"(《陆探微画狮子屏风赞》)在这里,狮子不是敌人、野兽,而是守护者。守护,是宋陵石狮的职责。千年之后,从前直接守护的皇陵已经荡然无存,守护继续。

守护者。

狮子皇帝

以权杖 玉斧 铁凿子 榔头和写诗的手
那些高尚而自信的人们打造了这头狮子
皇室已降于四月的土地 长着青青大麦
它从不转身投靠 只专注自己的年号
自己的内心 自己的重量 自己的形式
自己的修辞 令德性 敬畏和真理得以
流传 狰狞可以亲近 政治多愁善感
谦卑是实质性的 伟大是一种苍凉 当
作者们安然逝去 闭目于自己的手作的
黄金时代 石头走出废墟 独自回到宇宙
迈步的样子 就像一位诚实的雄狮 大权
独揽 腰间别着短促的闪电 花纹在模糊
它是宋朝的石头 它继续着专制

时间一次次涌来，企图埋掉这头狮子，但是无可奈何，它已经超越了肉身、腐烂和短命。

身子率先沉沦，头在最后。这种埋没是一种隐喻。

麦田守望者。不是塞林格写的那个,是这个。永恒的巡视,守着一个形而上的边界。精神之狮。

宋之澜。

石头象牙。

大象战争

大象军团群戴着面具在雨中行走 它们模仿着猎人和
十字军 挺着长牙 灰盾在亚热带拉开战线 军事的
方向与教会不同 不是赶走老虎 逮捕暴风雨 驱除
洪水 消灭闪电 禁止异教 它们日日夜夜在巩固
大地信仰 以更厚的 自制的泥浆 以顽固的繁殖
它们在春天的炮火下穿过缅桂花 停下来疯狂交配
以长嘶复活古老的爱情 它们跟着那些尚未痊愈的
战士 那些月光孔雀 那些黑翅鸢 那些猫头鹰巫师
那些狼族 那些羚牛武士 那只安着雷达的蝙蝠分队
那些白颊长臂猿 那些懒猴 那些犀鸟哨兵 原鸡
那些巨蜥 飞蛙 鱼螈 那些榕树 那些棕榈树
那些金色的乳房般的芒果 那些小芭蕉 那些流着
白色血液的橡胶树 那些密集在战壕底层的昆虫
那些奄奄一息的萤火 大家低着头 悲伤的力量
布满伤痕 一个伟大的意志再次聚集在旱季
将湄公河搬回原处 那时天空上密集着白鹭

神殿的柱子。

神殿一角。

永昭陵。

从宋的狮子回到宋之前的石头,裂,是大地的本性,超越一切,终有开裂之日,碎片在即。

河南省平顶山市郏县城西 27 公里处的小峨眉山东麓茨芭镇苏坟村南隅。苏轼、苏辙与其父苏洵衣冠冢。

苏轼墓园外的算命者。

郏县朝苏轼墓

郏县春秋时名夹邑 属楚 战国归韩 秦始
置县 现在是平顶山市管辖 37个土种 有
褐土 潮土 砂礓黑土 在北温带南部 大陆性
季风气候 四季分明 光照足 雨量充沛 "公
始病 以书属辙曰 即死 葬我……" 先生
去世后埋进这里的一个土丘 中原 麦子围着
位于高速公路下 烂尾楼后方 刚下过一场雨
泥巴又起 大地灰黄 草木萧索 看不见耕者
得势的塑料袋闪着光 在天空下跟着秋风飞
"缥缈孤鸿影""公之于文 得之于天""呜呼
斯文坠矣 后生安所复仰""明月夜 短松冈"
他的词读了一生 令我多情 自绝于时代

跟着长短句的流水　随物赋形　穿过贫乏青春
黑暗中年　晚年也不会萧索 "惟江上之清风
与山间之明月　耳得之而为声　目遇之而成色"
与子共适　应笑这半鬓华发生于末世　今天过来谢恩
算命的老头坐在小木凳上靠着一棵柏睡着了　打鼾
女售票员盼望着手机响　"平常来的人就少　下雨
更没人了　有啥好玩的　不如去那边" 指了指
像个司机 "报道先生春睡美　道人轻打五更钟"
"我已经写够了这个世界　现在让它来写我吧"
（尼采）苏洵苏轼苏辙　父子三人葬在一处　随诗
而逝　大神仓颉创造的生计　一切事业都终于倦息
太祖打入史册　勤政殿拆掉　画栋雕梁一根不剩
只有写字这手艺带来持久的光荣　尊重 "看哪
这人" "转朱阁　低绮户　照无眠" 见识记录在案
经得住诸神对簿公堂　子瞻的像藏在一间暖阁里
开门的人说　文革时用泥巴封起来才没毁掉　那是
他吗？　夜饮　醒复醉　归来仿佛三更　家童鼻息
雷鸣　敲门不应　倚杖听江声　长恨此身非我有　何时
忘却营营　夜阑风静縠纹平　小舟从此逝　江海寄
余生　好事者画了个演员　那不是我　我没有面目
风景如此奇怪　七百年前的冢　办公室　旅游局下属
单位　守墓的石头人立于两侧　东坡同志事迹陈列处
那些字他没写过　香炉里没有灰　积着冷水　我是
最后一个来上香的？　"垂柳下　矮槐前" 何必打伞

2020 年 2 月 17 日

河南郏县苏坟村。

嵩阳书院，在河南省郑州登封市嵩山南麓，创建于北魏孝文帝太和八年（484）。程颢、程颐兄弟都曾在嵩阳书院讲学。"明堂降赦，臣僚称贺讫，两省官欲往奠司马光。是时，程颐言曰：'子于是日哭则不歌。岂可贺赦才了，却往吊丧？'坐客有难之曰：'孔子言哭则不歌，即不言歌则不哭。今已贺赦了,却当往吊丧,于礼无害。'苏轼遂戏程曰:'此乃枉死市叔孙通所制礼也。'众皆大笑。结怨之端,盖自此始。"(《太平治迹统类》)在宋,礼,依然在讨论中,礼未死。

孔明庙前有老柏，柯如青铜根如石。
霜皮溜雨四十围，黛色参天二千尺。
君臣已与时际会，树木犹为人爱惜。
（杜甫《古柏行》）

故园多珍木,翠柏如蒲苇。
幽囚无与乐,百日看不已。
(苏轼《柏》)

虬龙。

龙蛰虽高卧，鸡鸣不废时。
炎凉徒自变，茂悦两相知。
已负栋梁质，肯为儿女姿。
那忧霜贸贸，未喜日迟迟。
难与夏虫语，永无秋实悲。
谁知此植物，亦解秉天彝。
（苏轼《次韵黄鲁直效进·士作岁寒知松柏诗》）

愿言指松柏，永与霜雪期。(苏轼《送王竦朝散赴阙》)

松柏萧萧满故丘,知君怀抱尚悲秋。(苏轼《会双竹席上奉答开祖长官》)

宋已逝，黄昏在。

故乡。

洛阳附近的黄河，开裂的河床。

长河落日圆。